SV

Chinua Achebe
Heimkehr in fremdes Land

Aus dem Englischen von
Susanne Koehler

Suhrkamp Verlag

Titel der 1960 im Verlag W. Heinemann,
London, erschienenen Originalausgabe:
No Longer at Ease

Erste Auflage 2002

Satz: Libro, Kriftel
Druck: Nomos Verlagsgesellschaft, Baden-Baden
Printed in Germany

1 2 3 4 5 6 – 07 06 05 04 03 02

Für Christie

Wir kehrten wiederum an unsern Ort, in diese Königreiche,
Doch nimmermehr getrost hier in dem Alten Bund,
Über ein fremdes Volk, das seinen Göttern anhängt.
Ich wäre froh um einen neuen Tod.

T. S. Eliot, *Die Reise aus dem Morgenland*

Erstes Kapitel

Vor drei oder vier Wochen schon hatte Obi Okonkwo begonnen, sich für diesen Augenblick zu wappnen. Als er dann an jenem Morgen auf der Anklagebank Platz nahm, war er der Meinung, auf alles vorbereitet zu sein. Er trug einen eleganten hellen Anzug und gab sich gelassen und gleichgültig. Der Verhandlung schien er wenig Interesse entgegenzubringen, abgesehen von einem kurzen Moment gleich zu Beginn der Sitzung, als einer der Anwälte eine Auseinandersetzung mit dem Richter hatte.

»Diese Gerichtsverhandlung beginnt um neun Uhr. Warum kommen Sie zu spät?« Jedesmal, wenn Richter William Galloway, Richter am Obersten Gerichtshof von Lagos und Südkamerun, eines seiner Opfer anschaute, schien er es mit seinem Blick zu durchbohren, wie ein Sammler sein Insekt. Gleich einem angriffslustigen Hammel senkte er den Kopf und betrachtete über seine goldgeränderte Brille hinweg den Anwalt.

»Es tut mir leid, Euer Ehren«, stammelte der Mann. »Ich hatte eine Panne.«

Der Richter schaute ihn lange an und sagte dann unvermittelt:

»Gut, Mr. Adeyemi, ich akzeptiere Ihre Entschuldigung. Aber diese ständigen Entschuldigungen wegen angeblicher Fortbewegungsprobleme gehen mir langsam auf die Nerven.«

Unterdrücktes Lachen war von den Anwälten zu hören; ein mattes und graues Lächeln ging über Obi Okonkwos Gesicht, dann verlor er von neuem jegliches Interesse.

Der Gerichtssaal war berstend voll; überall saßen oder standen Leute. Der Prozeß war seit Wochen das Stadtgespräch von Lagos, und an diesem letzten Verhandlungstag war jeder, der irgendwie seinen Arbeitsplatz verlassen konnte, hergekommen, um bei der Urteilsverkündung dabeizusein. Einige Beamte hatten bis zu zehneinhalb Shilling für ein ärztliches Attest bezahlt, das sie für den Tag krank schrieb.

Selbst als der Richter seine Zusammenfassung des Falles vorzutragen begann, deutete nichts darauf hin, daß Obis Teilnahmslosigkeit geringer wurde. Erst als der Richter sagte: »Es ist mir unverständlich, warum ein junger Mann mit Ihrer Bildung und vielversprechenden Begabung so handeln konnte«, ging eine plötzliche und auffallende Veränderung mit Obi vor. Verräterische Tränen traten ihm in die Augen. Er holte ein weißes Taschentuch hervor und fuhr sich damit übers Gesicht, tat jedoch so, als wischte er sich den Schweiß ab. Er versuchte sogar, zu lächeln und die Tränen Lügen zu strafen. Ein Lächeln wäre ziemlich logisch gewesen, denn all das Gerede über Bildung und vielversprechende Begabung und Verrat kam für ihn nicht unerwartet. Er hatte es kommen sehen und genau diese Szene Hunderte Male durchgespielt, bis sie ihm so vertraut wie ein Freund geworden war.

Tatsächlich hatte Mr. Green, sein Chef, als einer der Kronzeugen schon vor einigen Wochen, kurz nach Beginn des Prozesses, etwas über einen jungen Mann mit vielversprechender Begabung gesagt. Damals hatte es Obi völlig unberührt gelassen. Erst vor kurzem hatte er wie durch ein gnädiges Geschick seine Mutter verloren, und Clara war aus seinem Leben verschwunden. Diese beiden kurz aufeinanderfolgenden Ereignisse hatten Obi abgestumpft und einen anderen Mann aus ihm gemacht; einen Mann, den Worte wie »Bildung« und »vielversprechende Begabung« nicht berührten. Aber nun, im entscheidenden Augenblick, gaben ihn verräterische Tränen preis.

Schon seit fünf Uhr an jenem Nachmittag hatte Mr. Green Tennis gespielt, und das war höchst ungewöhnlich. Normalerweise nahm ihn seine Arbeit so in Anspruch, daß er selten Zeit für ein Spiel hatte. Seine tägliche sportliche Betätigung bestand in einem kurzen Abendspaziergang. Aber heute hatte er mit einem Freund gespielt, der beim *British Council* arbeitete. Nach dem Spiel hatten sie sich an die Bar im Clubhaus zurückgezogen. Mr. Green trug über dem weißen Hemd einen hellgelben Pullover, ein weißes Handtuch hatte er sich um den Hals gehängt. Noch viele andere Europäer waren in der Bar – einige lehnten an den Hockern, andere standen zu zweit oder zu dritt beisammen und tranken kaltes Bier, Orangenlimonade oder Gin-Tonic.

»Ich begreife nicht, warum er es getan hat«, sagte der Mann vom *British Council* nachdenklich. Er zeichnete mit dem Finger Linien auf sein beschlagenes, mit eiskaltem Bier gefülltes Glas.

»Doch, ich schon«, antwortete Mr. Green geradeheraus. »Aber warum sich Leute wie Sie weigern, den Tatsachen ins Auge zu sehen, das kann ich wiederum nicht verstehen.« Mr. Green war bekannt dafür, daß er aus seinen Ansichten keinen Hehl machte. Mit dem weißen Handtuch fuhr er sich über das rote Gesicht. »Der Afrikaner ist durch und durch korrupt.« Der Mann vom *British Council* schaute sich verstohlen um, mehr aus Instinkt als aus einer gegebenen Notwendigkeit heraus, denn obwohl der Club jetzt allen Afrikanern offenstand, wurde er nur von wenigen besucht. An jenem Nachmittag nun war kein einziger Afrikaner da, abgesehen natürlich von den Kellnern, die unauffällig bedienten. Es war durchaus möglich, den Club zu besuchen, etwas zu trinken zu bestellen, einen Scheck zu unterschreiben, sich mit Bekannten zu unterhalten und wieder wegzugehen, ohne die Kellner in ihren weißen Uniformen überhaupt wahrgenommen zu haben. Nahm alles seinen geregelten Gang, so übersah man sie.

»Sie sind alle korrupt«, wiederholte Mr. Green. »Ich bin ganz für Gleichberechtigung und so weiter. Für mich persönlich wäre es ein Greuel, wenn ich in Südafrika leben müßte. Aber Gleichberechtigung ändert nichts an den Tatsachen.«

»An welchen Tatsachen?« fragte der Mann vom *British Council*, der noch verhältnismäßig neu im Lande war. Die allgemeine Unterhaltung verebbte ein wenig, denn viele der Anwesenden hörten unauffällig Mr. Green zu.

»An der Tatsache, daß der Afrikaner seit unzähligen Jahrhunderten Opfer des schlechtesten Klimas der Welt und aller erdenklichen Krankheiten geworden ist. Dafür kann er nichts. Aber er ist deshalb geistig und körperlich ausgelaugt. Wir haben ihm westliche Bildung und Erziehung gebracht. Aber was nützt ihm das? Er ist ...« Durch das Hinzukommen eines weiteren Bekannten wurde er unterbrochen.

»Hallo Peter, hallo Bill!«

»Grüß dich!«

»Hallo!«

»Darf ich mich zu euch setzen?«

»Natürlich.«

»Aber sicher. Was trinkst du, Bier? Gut. Ober! Ein Bier für den Herrn!«

»Was für eins darf es sein, Sir?«

»Heineken.«

»Sehr wohl, Sir.«

»Wir unterhalten uns gerade über den jungen Mann, der sich bestechen ließ.«

»Ach ja.«

Irgendwo im Hinterland von Lagos hielt die *Progressive Union* von Umuofia eine Dringlichkeitssitzung ab. Umuofia ist ein Dorf der Ibo in Ost-Nigeria und der Heimatort von Obi Okonkwo. Es ist kein besonders großes Dorf, doch für seine Bewohner ist Umuofia eine Stadt. Sie sind sehr stolz auf ihre Vergangenheit, in der Umuofia noch der

Schrecken seiner Nachbarn war, ehe der Weiße Mann kam und alle unterwarf und gleichmachte. Alle »Umuofianer«, wie sie sich nennen, die ihre Heimatstadt verlassen, um in den Städten ganz Nigerias Arbeit zu finden, betrachten sich dort stets als Besucher. Alle zwei Jahre kehren sie nach Umuofia zurück, um ihren Urlaub in der Heimat zu verbringen. Wenn sie genug Geld gespart haben, bitten sie ihre Verwandten zu Hause, ihnen eine Frau auszusuchen, oder sie bauen sich auf ihrem angestammten Land ein »Zinkhaus«, ein Haus mit Wellblechdach. Wo immer in Nigeria sie auch sein mögen, gründen sie einen Ortsverband der *Progressiven Union* von Umuofia.

In den vergangenen Wochen nun hatte die *Union* ihre Mitglieder mehrere Male zu einem Treffen zusammengerufen, um über den Fall von Obi Okonkwo zu beraten. Bei der ersten Zusammenkunft hatte eine Handvoll Leute die Meinung vertreten, für die *Union* bestünde keine Veranlassung, sich mit den Schwierigkeiten eines verlorenen Sohnes zu beschäftigen, der erst vor kurzem die *Union* in grober Weise mißachtet habe.

»Wir bezahlten 800 Pfund für seine Ausbildung in England«, sagte einer von ihnen. »Aber anstatt dankbar zu sein, beleidigt er uns wegen eines unnützen Mädchens. Und jetzt ruft man uns wieder zusammen, um noch mehr Geld für ihn aufzubringen. Was fängt er denn mit seinem großen Gehalt an? Meiner Meinung nach haben wir schon viel zuviel für ihn getan.«

Obwohl man dieser Ansicht weitgehend zustimmte, wurde sie doch nicht allzu ernst genommen. Denn, so führte der Präsident aus, wenn ein Freund und Verwandter in Not sei, so müsse man ihm helfen und ihn nicht noch mehr schmähen. Ärger über einen Bruder schneide wohl ins Fleisch, könne aber dem Knochen nichts anhaben. Und so beschloß die *Union*, aus ihren Mitteln einen Rechtsanwalt zu bezahlen.

Doch an jenem Morgen hatte man den Prozeß verloren, und aus diesem Grunde war erneut eine Dringlichkeitssitzung einberufen worden. Viele Menschen waren bereits im Haus des Präsidenten in der Moloney Street eingetroffen und unterhielten sich aufgeregt über das Urteil.

»Ich wußte, daß der Fall schlecht lag«, sagte der Mann, der sich von Anfang an dem Eingreifen der *Union* widersetzt hatte. »Wir werfen das Geld geradezu zum Fenster hinaus. Wie sagt man bei uns? Wer einem Nichtsnutz zur Seite steht, hat nichts davon als Schmutz und Unrat auf dem Kopf!«

Doch dieser Mann fand keine Anhänger. Die Männer von Umuofia waren bereit, bis zum letzten zu kämpfen. Sie gaben sich keinerlei Illusionen über Obi hin. Er war zweifellos ein sehr törichter und eigenwilliger junger Mann, doch jetzt war nicht die Zeit, sich damit abzugeben. Zuerst muß der Fuchs verjagt werden, danach kann man das Huhn warnen, in den Busch hinauszulaufen.

Wenn die Zeit der Ermahnungen und Verwarnungen käme, würden die Männer von Umuofia dem jungen Mann gewiß ein volles, gedrücktes, gerütteltes und überfließendes Maß davon geben. Der Präsident sagte, daß es für einen Mann im höheren Dienst eine Schande sei, wegen zwanzig Pfund ins Gefängnis zu gehen. »Zwanzig Pfund«, wiederholte er und spuckte dabei aus. »Ich bin dagegen, daß Leute ernten, wo sie nicht gesät haben. Doch in einem unserer Sprichwörter heißt es, wenn einer eine Kröte fressen will, dann soll er sich wenigstens eine fette und saftige aussuchen.«

»Sein Mangel an Erfahrung ist an allem schuld«, warf ein anderer ein. »Er hätte das Geld nicht persönlich entgegennehmen dürfen. Üblicherweise wird einem zu verstehen gegeben, man solle das Geld dem Hausangestellten aushändigen. Obi versuchte, das zu tun, was alle tun, ohne die Spielregeln zu kennen.« Dann erzählte er die Fabel von der

Ratte, die mit ihrer Freundin, der Eidechse, schwimmen ging und erfror, denn das Wasser drang nicht durch die Schuppen der Eidechse, und so blieb diese trocken, während der haarige Körper der Ratte naß wurde.

Als es soweit war, schaute der Präsident auf seine Taschenuhr und erklärte, daß es Zeit sei, die Versammlung zu eröffnen.

Alle standen auf, und er sprach ein kurzes Gebet. Danach bot er den Versammelten drei Kolanüsse an. Der älteste der anwesenden Männer brach eine der Nüsse und sprach dabei ein Gebet anderer Art. »Wer Kolanüsse bringt, der bringt Leben«, sagte er. »Wir trachten nicht danach, irgend jemand etwas zuleide zu tun, trachtet jedoch einer danach, uns etwas zuleide zu tun, so möge er sich den Hals brechen!« Die Gemeinde antwortete: AMEN. »Wir sind Fremde in diesem Land hier. Widerfährt ihm Gutes, so möge es uns daran teilhaben lassen.« AMEN. »Doch widerfährt ihm Böses, so soll es die Besitzer des Landes treffen; sie wissen, welche Götter es zu besänftigen gilt.« AMEN. »Viele Städte haben vier oder fünf oder sogar zehn ihrer Söhne in dieser Hauptstadt auf Posten, die früher Europäern vorbehalten waren. Umuofia hat nur einen einzigen Sohn dort. Und nun sagen unsere Feinde, daß selbst dieser eine zuviel sei. Doch unsere Ahnen werden sich damit nicht abfinden.« AMEN. »Die einzige Frucht eines Palmbaums geht selbst im Feuer nicht verloren.« AMEN.

Obi Okonkwo war in der Tat die einzige Frucht eines Palmbaums. Eigentlich hieß er Obiajulu – »Endlich hat er Frieden gefunden«; damit war freilich sein Vater gemeint, der, nachdem ihm seine Frau vier Töchter geboren hatte, bevor Obi zur Welt kam, verständlicherweise etwas besorgt war. Da er sich zum Christentum bekehrt hatte und sogar Religionslehrer war, konnte er keine zweite Frau heiraten. Doch er gehörte nicht zu den Männern, denen man die Sorgen am Gesicht ablesen konnte. Und vor allem würde er niemals die Heiden wissen lassen, daß er unzufrieden war. Er hatte seine vierte Tochter Nwanyidinma – »Ein Mädchen ist auch gut« – genannt. Doch seiner Stimme hatte es an Überzeugung gefehlt.

Der alte Mann, der in Lagos die Kolanüsse brach und Obi Okonkwo eine einzelne Palmfrucht nannte, hatte dabei allerdings nicht Okonkwos Familie im Sinn. Er dachte an das alte und kriegerische Dorf Umuofia. Vor sechs oder sieben Jahren hatten die Leute aus Umuofia ihre *Union* mit dem Ziel gegründet, Geld zu sammeln, um einige ihrer begabten jungen Männer zum Studium nach England schicken zu können. Sie hatten sich selbst erbarmungslos besteuert. Fast auf den Tag genau vor fünf Jahren war Obi Okonkwo das erste Stipendium gewährt worden. Sie bezeichneten es als Stipendium, obwohl das Geld zurückbezahlt werden mußte. In Obis Fall handelte es sich um eine Summe von 800 Pfund, abzubezahlen innerhalb von vier Jahren nach seiner Rückkehr. Sie wollten, daß er Jura studierte, damit er später, wenn er wieder im Land wäre, alle gerichtlichen Auseinandersetzungen, die sie mit ihren Nachbarn um Grundbesitz führten, für sie übernehmen würde. Als Obi jedoch nach England kam, studierte er Englisch – seine Eigenwilligkeit war nichts Neues. Die *Union* war verärgert, doch schließlich ließen sie ihn in Ruhe. Auch wenn er kein Jurist wäre, so würde er doch einen »europäischen Posten« im Staatsdienst bekommen.

Die Auswahl des ersten Kandidaten hatte der *Union* keine Schwierigkeiten bereitet. Obi bot sich geradezu an. Im Alter von zwölf oder dreizehn Jahren hatte er nach sechs Jahren Grundschule als Bester der ganzen Provinz das Abschlußexamen bestanden. Dann war ihm ein Stipendium für eine der besten höheren Schulen in Ost-Nigeria gewährt worden. Nach fünf Jahren bestand er das *Cambridge School Certificate* mit Auszeichnung in allen acht Fächern. Im Dorf war er eine richtige Berühmtheit, und in der Missionsschule, deren Schüler er einst gewesen war, beschwor man regelmäßig seinen Namen. (Heutzutage erwähnte niemand mehr, daß er einmal wegen eines Briefes, den er während des Krieges an Adolf Hitler schrieb, große Schande über die Schule gebracht hatte. Der Schulleiter hatte ihm damals fast unter Tränen klargemacht, daß er eine Schande für das Britische Empire sei und wenn er älter wäre, bestimmt für den Rest seines elendiglichen Lebens ins Gefängnis gewandert wäre. Da er aber damals erst elf Jahre zählte, kam er mit sechs Rohrstockschlägen auf die Hinterbacken davon.)

Große Aufregung hatte von Umuofia Besitz ergriffen, als Obi damals nach England ging. Einige Tage vor seiner Abreise nach Lagos beriefen seine Eltern eine große Gebetsversammlung in ihrem Haus ein. Pfarrer Samuel Ikedi von der anglikanischen Kirche St. Markus in Umuofia leitete die Versammlung. Er sagte, dieses Ereignis sei die Erfüllung des prophetischen Wortes:

> Das Volk, das im Finstern wandelt,
> sieht ein großes Licht,
> und über denen, die da wohnen im finstern Lande,
> scheint es hell.

Seine Rede dauerte länger als eine halbe Stunde; dann bat er darum, daß jemand ein Gebet spräche. Mary war es, die sofort die Herausforderung annahm, noch ehe irgend jemand überhaupt Zeit gehabt hatte, aufzustehen, geschweige denn, die Augen zu schließen. Mary war eine der eifrigsten Christinnen in Umuofia und eine gute Freundin von Hannah Okonkwo, Obis Mutter. Obwohl Mary weit weg von der Kirche wohnte – es waren mindestens drei Meilen –, versäumte sie niemals den Frühgottesdienst, den der Pfarrer beim ersten Hahnenschrei abhielt. Auch mitten in der Regenzeit oder während des kalten Harmattan konnte man sicher sein, daß Mary da war. Manchmal kam sie über eine Stunde früher; dann blies sie ihre Stallaterne aus, um Kerosin zu sparen, und legte sich auf den langen Lehmbänken in der Kirche schlafen.

»O Gott Abrahams, Gott Isaaks und Gott Jakobs«, hob sie an, »Anfang und Ende. Ohne dich könnten wir nichts tun. Selbst der große Fluß ist für dich nicht groß genug, um deine Hände darin zu waschen. Dein ist die Yamwurzel, und dein ist das Messer – wir können nicht essen, du schneidest uns denn ein Stück ab. Wie Ameisen sind wir vor deinen Augen. Wir gleichen kleinen Kindern, die sich nur den Bauch waschen, wenn sie baden, und ihr Rücken bleibt trocken ...«, und so redete sie weiter, leierte ein Sprichwort nach dem anderen herunter und entwarf ein Bild ums andere. Schließlich und endlich war sie beim Thema der Versammlung angelangt und behandelte es so ausführlich, wie es die Sache verdiente; neben vielem anderen trug sie den vollständigen Lebenslauf des Sohnes ihrer Freundin vor, der nun dorthin gehen würde, wo alles Lernen schließlich zum Ziel gelangte. Als sie fertig war, blinzelten die Leute und rieben sich die Augen, um sich wieder an das abendliche Licht zu gewöhnen.

Sie saßen auf langen, von der Schule ausgeliehenen Holzbänken. Vor dem Vorsitzenden stand ein kleiner Tisch, an dessen einer Seite Obi in Schul-Blazer und weißer Hose Platz genommen hatte.

Gebeugt unter der Last eines riesigen eisernen Kessels voll Reis, tauchten zwei Helfer aus dem Küchenbereich auf. Ein weiterer Kessel folgte. Dann brachten zwei junge Frauen einen Topf mit kochendheißem Fleischeintopf, den sie gerade vom Feuer genommen hatten. Kleine Fäßchen mit Palmwein folgten und außerdem Teller und Löffel, die von der Kirche bei Hochzeiten, Geburtsfesten, Beerdigungen und anderen Ereignissen wie diesem ihren Mitgliedern zur Verfügung gestellt wurden.

Mr. Isaac Okonkwo hielt eine kurze Rede, mit der er seinen Gästen »diese kleine Kolanuß« überreichte. Nach den Maßstäben von Umuofia war er ein wohlhabender

Mann. Fünfundzwanzig Jahre lang hatte er als Religionslehrer bei der Missionsgesellschaft gearbeitet und sich nun mit einer Pension von fünfundzwanzig Pfund im Jahr zur Ruhe gesetzt. Er war der allererste gewesen, der in Umuofia ein »Zinkhaus« gebaut hatte. Deshalb kam es nicht unerwartet, daß er nun ein Fest gab. Doch keiner hatte etwas in diesem Ausmaß erwartet, nicht einmal von Okonkwo, der für seine Freigebigkeit, die zuweilen an Leichtsinn grenzte, bekannt war. Machte ihm seine Frau wegen seiner Verschwendungssucht Vorwürfe, so erwiderte er, ein Mann, der an den Ufern des Niger wohne, dürfe seine Hände nicht mit Spucke waschen – ein Lieblingsausspruch seines Vaters. Seltsamerweise wollte er von allem anderen, was mit seinem Vater zu tun hatte, nichts wissen; nur dieses eine Sprichwort war davon ausgenommen. Vielleicht hatte er schon lange vergessen, daß sein Vater es häufig benutzte.

Als das Fest zu Ende ging, hielt der Pfarrer wiederum eine lange Rede. Er dankte Okonkwo, daß er ihnen allen ein Fest ausgerichtet hatte, das größer war als manches Hochzeitsfest heutzutage.

Mr. Ikedi war aus einer Stadtgemeinde nach Umuofia gekommen und konnte deshalb den hier Versammelten anschaulich von dem beständig fortschreitenden Verfall der Hochzeitsfeste in den Städten berichten, der mit der Erfindung von Einladungskarten begonnen hatte. Viele seiner Zuhörer pfiffen ungläubig, als er erzählte, daß man nur dann zur Hochzeit seines Nachbarn gehen konnte, wenn man eines dieser Papiere erhalten hatte, auf denen R. S. V. P. geschrieben stand – Reis und Soße, Verpflegung Prima –, was ausnahmslos übertrieben war.

Dann wandte er sich an den jungen Mann zu seiner Rechten. »In vergangenen Zeiten«, sagte er zu ihm, »hättest du für Umuofia in den Krieg ziehen müssen, um Menschenköpfe als Beute nach Hause zu bringen. Doch das waren Zeiten der Finsternis, aus denen uns das Lamm Gottes mit seinem Blut erlöst hat. Heute senden wir dich aus, um Weisheit zurückzubringen. Denke daran: Die Gottesfurcht ist der Weisheit Anfang. Aus anderen Städten habe ich von jungen Männern gehört, die in das Land des Weißen Mannes reisten, doch anstatt sich ihrem Studium zu widmen, jagten sie den süßen Verlockungen des Fleisches nach. Einige heirateten sogar weiße Frauen.« Heftiges Gemurmel bekundete die Entrüstung der Anwesenden über ein derartiges Verhalten. »Ein Mann, der so handelt, ist für sein Volk verloren. Er gleicht dem Regen, der sich an den Wald verschwendet. Ich hätte es gerne gesehen, daß man dir vor deiner Abreise eine Frau ausgesucht hätte. Aber dafür ist jetzt keine Zeit mehr. Wie dem auch sei, ich weiß, daß wir in diesem Punkt bei dir nichts zu befürchten haben. Wir senden dich aus, um die Weisheit der Bücher zu erlernen. Das Vergnügen kann warten. Du hast keine Eile, dich in die Freuden der Welt zu stürzen – es könnte dir sonst wie der jungen Antilope ergehen, die sich lahmgetanzt hatte, ehe der Festtanz überhaupt begann.«

Er dankte Okonkwo erneut und auch den Gästen für ihr Erscheinen. »Wenn ihr seiner Einladung nicht gefolgt wäret, wäre unser Bruder in einer Situation wie der König in der Bibel gewesen, der zu einem Hochzeitsfest eingeladen hatte.«

Kaum hatte er sein letztes Wort gesprochen, als Mary auch schon ein Lied anstimmte, das die Frauen in ihrer Gebetsstunde eingeübt hatten.

Laß mich nicht allein, Jesus, warte auf mich, wenn ich aufs Feld gehe.

Laß mich nicht allein, Jesus, warte auf mich, wenn ich zum Markt gehe.

Laß mich nicht allein, Jesus, warte auf mich, wenn ich esse.

Laß mich nicht allein, Jesus, warte auf mich, wenn ich mein Bad nehme.

Laß mich nicht allein, Jesus, warte auf mich, wenn er in das Land des Weißen Mannes geht. Laß ihn nicht allein, Jesus, warte auf ihn.

Die Versammlung schloß mit dem gemeinsamen Lied »Lobet den Herren ...«. Dann bedachten die Gäste Obi mit ihren Abschiedsgrüßen, und viele wiederholten all die guten Ratschläge, die man ihm bereits reichlich erteilt hatte. Sie schüttelten ihm die Hände und steckten ihm dabei ein kleines Geschenk zu – damit er einen Bleistift kaufen könne oder ein Schreibheft oder auch einen Laib Brot für die Reise; einen Shilling hier und einen Penny da – bedeutende Geschenke in einem Dorf, in dem Geld äußerst knapp war, in dem sich Männer und Frauen Jahr um Jahr abmühten, der unwilligen und erschöpften Erde ein mageres Auskommen abzuringen.

Zweites Kapitel

Obi hatte nicht ganz vier Jahre in England verbracht. Manchmal fiel es ihm schwer zu glauben, daß es nur eine so kurze Zeitspanne gewesen war. Die vier Jahre waren ihm eher wie ein ganzes Jahrzehnt erschienen, zumal dann, wenn er wegen der Widerwärtigkeiten des Winters sein Heimweh als physischen Schmerz spürte. In England bedeutete ihm Nigeria zum ersten Mal mehr als ein Name, und das war das erste wirklich Wesentliche, was England für ihn tat.

Doch das Nigeria, in das er zurückkehrte, unterschied sich in vielerlei Hinsicht von dem Bild, das er während der vier Jahre in sich getragen hatte. Es gab vieles, das er nicht wiedererkennen konnte, und anderes – wie die Slums in Lagos –, das er zum ersten Mal sah.

Als Dorfjunge in Umuofia hatte er von einem Soldaten, der aus dem Krieg gekommen war und seinen Urlaub zu Hause verbrachte, zum ersten Mal von Lagos erzählen hören. Diese Soldaten waren Helden, die die große, weite Welt gesehen hatten. Sie redeten von Abessinien, Ägypten, Palästina, Burma und so weiter. Einige waren früher notorische Tunichtgute im Dorf gewesen, doch nun waren Helden aus ihnen geworden. Sie hatten haufenweise Geld, und die Dorfleute saßen ihnen zu Füßen und ließen sich Geschichten erzählen. Einer von ihnen ging regelmäßig ins Nachbardorf auf den Markt und bediente sich dort nach Belieben. Er zog in voller Uniform los, zerstampfte die Erde mit seinen Stiefeln, und keiner wagte es, ihn anzurühren. Es ging das Gerücht, man bekäme es mit der Regierung zu tun, wenn man einem Soldaten etwas antun würde. Außerdem war es ja bekannt, daß die Soldaten wegen der Spritzen, die sie in der Armee bekamen, stark wie Löwen waren. Von einem dieser Soldaten stammten Obis erste Eindrücke von Lagos.

»Dunkelheit gibt es dort nicht«, erzählte der Soldat seinem bewunderungsvoll lauschenden Publikum, »denn bei Nacht scheint das elektrische Licht so hell wie die Sonne. Die Leute spazieren ständig umher, das heißt, wenn sie zu Fuß gehen wollen. Möchte man nicht zu Fuß gehen, so winkt man nur mit der Hand, und sofort hält ein Luxusauto.« Verwunderung wurde unter den Zuhörern laut. Dann schweifte er ab und sagte: »Wenn du einem weißen Mann begegnest, mußt du den Hut vor ihm ziehen, denn er kann alles. Er kann zwar keine menschlichen Wesen herstellen, aber sonst alles.«

Noch lange Jahre danach verband Obi die Vorstellung von Lagos stets mit elektrischer Beleuchtung und Autos. Selbst nachdem er endlich die Stadt besucht und vor seinem Flug in das Vereinigte Königreich einige Tage dort verbracht hatte, änderte sich seine Ansicht kaum. Freilich lernte er Lagos damals nicht wirklich kennen. Sein Denken war sozusagen auf Höheres gerichtet! Die wenigen Tage in der Stadt verbrachte er mit seinem »Landsmann« Joseph Okeke, einem Büroangestellten im Staatlichen Vermessungsamt. Obi und Joseph waren Klassenkameraden in der Hauptschule der Christlichen Missionsgesellschaft – CMS – in Umuofia gewesen. Doch Joseph hatte danach nicht die höhere Schule besucht, denn er war schon zu alt dafür gewesen, und seine Eltern waren arm. Er hatte im Ausbildungskorps der 82. Division gedient und war nach Kriegsende in den Staatsdienst getreten.

Joseph war zum Busbahnhof von Lagos gekommen, um seinen vom Glück begünstigten Freund abzuholen, der auf seinem Weg ins Vereinigte Königreich in Lagos haltmachte. Er brachte ihn in seine Wohnung in Obalende. Diese Wohnung bestand nur aus einem einzigen Zimmer. Ein hellblauer Vorhang teilte den Raum in seiner ganzen Breite und trennte das »Allerheiligste« (wie Joseph sein Doppelbett mit Sprungfedermatratze nannte) vom Wohnbereich. Seine

Kochutensilien, Schachteln und andere persönliche Dinge lagen gut versteckt unter dem Allerheiligsten. Den Wohnbereich nahmen zwei Sessel, ein Sofa (lief auch unter dem Namen »mein Mädchen und ich«) und ein runder Tisch ein, auf dem Joseph sein Photoalbum liegen hatte. Nachts schob der Hausdiener den runden Tisch beiseite und breitete seine eigene Schlafmatte auf dem Fußboden aus.

Joseph hatte Obi an diesem ersten Abend in Lagos so viel zu erzählen, daß es bereits nach drei Uhr war, als sie endlich einschliefen. Er berichtete ihm alles Wissenswerte über Kinos, über Tanzlokale und über politische Versammlungen.

»Tanzen ist heutzutage äußerst wichtig. Kein Mädchen dreht sich nach dir um, wenn du nicht tanzen kannst. Joy habe ich in der Tanzschule kennengelernt.« »Wer ist Joy?« fragte Obi, der von allem, was er über diese fremde und sündige Welt erfuhr, fasziniert war. »Sie war – Moment mal ...«, er zählte die Monate an den Fingern ab, »... März, April, Mai, Juni, Juli – sie war fünf Monate lang meine Freundin. Diese Kissenbezüge hier hat sie mir gemacht.«

Wie von selbst erhob sich Obi, um das Kissen zu betrachten, auf dem er lag. Es war ihm schon früher am Tag aufgefallen. Das seltsame Wort KNUTSCHKISSEN war darauf gestickt, jeder Buchstabe in einer anderen Farbe.

»Sie war ein nettes Mädchen, zwar manchmal etwas dumm, aber ich wünschte, wir wären nicht auseinandergegangen. Ganz verrückt war sie nach mir, und als ich sie kennenlernte, war sie noch Jungfrau, das ist hier selten.«

Joseph redete und redete, bis seine Worte schließlich immer mehr an Zusammenhang verloren; dann verwandelte sich sein Gerede übergangslos in tiefes Schnarchen, das bis zum Morgen andauerte.

Gleich am nächsten Tag machte Obi einen unfreiwilligen Spaziergang auf der Lewis Street. Joseph hatte eine Frau mit nach Hause gebracht, und es war eindeutig, daß Obis Anwesenheit nicht erwünscht war. Deshalb ging er spazieren und wollte sich dabei ein wenig umsehen. Das Mädchen war eine von Josephs neuesten Eroberungen, wie dieser ihm später erzählte. Sie war dunkelhäutig und groß, mit einem riesigen, aufgeblasenen Busen unter einem engen, rot und gelb gemusterten Kleid. Ihre Lippen und langen Fingernägel waren von leuchtendem Rot, ihre Augenbrauen feine schwarze Linien. Sie ähnelte den hölzernen Masken, die man in Ikot Ekpene herstellt. Ihre ganze Erscheinung hinterließ einen schlechten Geschmack in Obis Mund, genauso wie das vielfarbene Wort KNUTSCHKISSEN auf dem Bettbezug.

Als Obi einige Jahre später, kurz nach seiner Rückkehr aus England, eines Abends in einem der nicht ganz so heruntergekommenen Slumgebiete von Lagos neben seinem Wagen auf Clara wartete, die viele Meter Kleiderstoff zu ihrer Näherin brachte, erinnerte er sich an seine früheren Eindrücke von der Stadt. Er hatte sich damals nicht vorstellen können, daß es ein Nebeneinander von Stadtteilen wie diesem hier und den schönen Autos, der elektrischen Beleuchtung und den buntgekleideten Mädchen geben könne.

Er hatte seinen Wagen neben einem offenen Abflußkanal geparkt, aus dem es nach verwesendem Fleisch stank. Der Gestank rührte von einem Hundekadaver her, der sicher von einem Taxi überfahren worden war. Obi hatte sich immer gefragt, warum in Lagos so viele Hunde von Autos überfahren wurden, bis eines Tages der Fahrer, den er angeheuert hatte, um ihm das Autofahren beizubringen, alles daransetzte, einen Hund zu überfahren. Schockiert und verwundert zugleich fragte Obi, warum er das getan habe. »Jetzt haste Glück«, sagte der Mann, »Hunde bringen neuen Autos immer Glück. Aber 'ne Ente, das ist was anderes. Wenn du 'ne Ente überfährst, haste'n Unfall oder fährst jemand tot!«

Auf der anderen Seite des Kanals war der Verkaufsstand

eines Metzgers. Jetzt war er ganz leer – weder Fleisch noch Fleischverkäufer waren da. Doch auf einem der Tische bediente ein Mann eine kleine Maschine. Sie glich einer Nähmaschine, nur mit dem Unterschied, daß Mais darauf gemahlen wurde. Eine Frau stand daneben und sah dem Mann zu, wie er das Handrad drehte, um ihren Mais zu mahlen.

Unter einer Lampe auf der gegenüberliegenden Straßenseite verkaufte ein kleiner, mit einem Fetzen Stoff bekleideter Junge *akara* – aus gekochten Schwarzaugenbohnen gebackene Kuchen. Seine Schüssel mit *akara* stand im Straßenstaub, und er selbst schien halb zu schlafen. Doch er tat es nicht, denn in dem Augenblick, als der nächtliche Straßenkehrer vorüberkam, Besen und Laterne schwenkend und in eine Fäulnis verströmende Wolke gehüllt, sprang der Junge behende auf die Füße und begann, ihm unflätige Worte nachzurufen. Der Mann ging mit dem Besen auf ihn los, aber der Junge befand sich mit seiner Schüssel *akara* auf dem Kopf bereits auf der Flucht. Der Mann, der Mais mahlte, brach in schallendes Gelächter aus, in das die Frau einfiel. Der Straßenkehrer grinste und ging seines Weges, nachdem er etwas sehr Unanständiges über die Mutter des Jungen gesagt hatte.

Das war also Lagos, dachte Obi, das richtige Lagos, das es bislang in seiner Vorstellung nicht gegeben hatte. Während seines ersten Winters in England hatte er ein unreifes, nostalgisches Gedicht über Nigeria geschrieben. Es handelte nicht im besonderen von Lagos, doch Lagos war ein Teil von dem Nigeria, das in seinem Kopf lebte.

Süß ruht sich's unterm Baume, wenn der Abend fällt –
du teilst der Vögel heitres Singen,
des Schmetterlings zartbunter Flügel
trägt deine Seele fort in eine andre Welt.
Den erdgebundnen Körper hier im Staube lassend

schwingt sie sich auf, dorthin, wo süße Sphärenklänge locken
und gleitet wieder sanft hernieder
im zarten Glanz der abendlichen Sonne.

Er rief sich dieses Gedicht ins Gedächtnis zurück, dann drehte er sich um und betrachtete den verwesenden Hund im Straßengraben. Er lächelte. »Dieser Bissen schmeckte nach verfaultem Fleisch«, sagte er mit zusammengebissenen Zähnen. »Weitaus passender.« Endlich tauchte Clara aus der Seitengasse wieder auf, und sie fuhren weg.

Schweigend fuhren sie eine Zeitlang durch enge, dichtbevölkerte Straßen. »Ich verstehe überhaupt nicht, warum du dir ausgerechnet eine Näherin aus den Slums ausgesucht hast.« Clara antwortete nicht. Statt dessen begann sie »Che sarà sarà« vor sich hin zu summen.

In den Straßen herrschte jetzt viel Lärm und großes Gedränge, was an einem Samstagabend gegen neun Uhr nicht verwunderlich war. Alle paar Meter begegnete man Grüppchen von Tanzenden, die entweder alle die gleiche Kleidung trugen oder *aso ebi* – die traditionelle Kleidung der Yoruba. Vor zerfallenen Häusern hatte man provisorische, fröhlich aussehende Anbauten errichtet und mit hellen Neonröhren beleuchtet, um eine Verlobung oder Hochzeit, die Geburt eines Kindes, eine Beförderung, einen Geschäftserfolg oder auch den Tod eines alten Verwandten zu feiern.

Obi fuhr langsamer, als er sich drei Trommlern und einer großen Gruppe junger Frauen näherte, die sich mit Samt und buntem Damast herausgeputzt hatten und mühelos wie geölte Kugellager ihre Hüften kreisen ließen. Ein Taxifahrer hupte ungeduldig und überholte, lehnte sich aus dem Fenster und schrie: «*Ori oda* – du bist wohl nicht richtig im Kopf!« »*Ori oda* – verdammter Idiot!« schrie Obi zurück. Ohne sich umzusehen oder Zeichen zu geben, überquerte unmittelbar darauf ein Radfahrer die Straße. Obi trat auf die Bremse, daß die Reifen auf dem Asphalt quietschten. Clara schrie auf und packte seinen linken Arm. Der Radfahrer schaute sich einmal um und fuhr dann weiter; sein ehrgeiziges Vorhaben stand für jedermann deutlich zu lesen auf seiner schwarzen Fahrradtasche – ZUKÜNFTIGER MINISTER.

Die Fahrt von Lagos hinüber nach Ikoyi an einem Samstagabend ähnelt der vom Markt zu einem Begräbnis. Und der weitläufige Friedhof von Lagos, der die beiden Orte voneinander trennt, trägt das Seine dazu bei, diesen Eindruck zu verstärken. All den luxuriösen Bungalows, Wohnungen und ausgedehnten Grünanlagen zum Trotz glich Ikoyi eher einem Friedhof. Es gab kein gemeinschaftliches Leben – zumindest keines, an dem die Afrikaner, die dort wohnten, teilhaben konnten. Sie hatten natürlich nicht immer da gewohnt. Früher war Ikoyi ausschließlich von Europäern bewohnt, doch manches hatte sich seither geändert, und einigen wenigen Afrikanern, die »europäische Posten« bekleideten, hatte man Häuser in Ikoyi zugestanden. Obi Okonkwo wohnte zum Beispiel dort, und als er von Lagos in seine Wohnung fuhr, fiel ihm wieder auf, daß es hier zwei Städte innerhalb einer einzigen gab. Es erinnerte ihn an Zwillingskerne in einer Palmfrucht, die nur durch eine dünne Haut voneinander getrennt waren. Manchmal war einer der Kerne glänzend schwarz und lebte, während der andere mehlweiß und tot war.

»Warum hast du so schlechte Laune?« Er schaute Clara von der Seite an – sie hatte sich absichtlich so weit weg von ihm wie nur möglich gesetzt und drückte sich an die linke Tür. Sie antwortete nicht. »Was ist los, Liebling«, sagte er und hielt ihre Hand in seiner linken, während er mit der rechten den Wagen steuerte. »*Ojare* – laß mich in Ruhe«, antwortete sie und zog ihre Hand zurück.

Obi wußte nur zu gut, warum sie so schlechte Laune hatte. Sie hatte auf ihre indirekte Weise vorgeschlagen, ins

Kino zu gehen. In diesem Stadium ihrer Beziehung sagte Clara nie: »Komm, wir gehen ins Kino!« Vielmehr sagte sie: »Im Capitol läuft ein guter Film.« Obi, der sich aus Filmen nichts machte, besonders aus denen, die Clara für gut hielt, hatte nach einer langen Pause gesagt: »Nun, wenn du darauf bestehst, aber ich bin nicht scharf darauf.« Clara bestand nicht darauf, war dafür aber sehr beleidigt. Den ganzen Abend hatte sie ihre verletzten Gefühle gepflegt. »Es ist noch nicht zu spät für deinen Film«, sagte Obi kapitulierend, oder scheinbar kapitulierend. »Du kannst ja gehen, wenn du willst, aber ich komme nicht mit«, sagte sie. Erst vor drei Tagen hatten sie sich einen »sehr guten Film« angesehen, der Obi dermaßen in Rage brachte, daß er überhaupt nicht mehr auf die Leinwand schaute, außer wenn ihm Clara die eine oder andere Erklärung ins Ohr flüsterte, damit er das Geschehen besser verstand. »Dieser Mann wird gleich umgebracht«, prophezeite sie dann, und todsicher wurde der Unglückliche fast unmittelbar danach erschossen. Unten im Parkett begleitete das Publikum auf den Ein-Shilling-Plätzen lautstark die Handlung.

Es verwunderte Obi stets aufs neue, daß Clara an diesen Todesorgien auf der Leinwand so großen Gefallen fand. Ja, wenn er außerhalb des Kinos daran dachte, amüsierte es ihn fast, doch solange er drinnen war, empfang er nichts als Ärger. Clara war sich dessen wohl bewußt und bemühte sich, ihm die öden Kinobesuche angenehmer zu machen. Sie drückte seinen Arm oder biß ihn ins Ort, nachdem sie ihm etwas zugeflüstert hatte. »Und überhaupt«, sagte sie manchmal, »ich streite ja auch nicht mit dir, wenn du mir deine Gedichte vorliest.« Und das entsprach völlig der Wahrheit. Noch an jenem Morgen hatte er sie im Krankenhaus angerufen und sie zum Mittagessen mit einem seiner Freunde eingeladen, der erst kürzlich von Enugu nach Lagos versetzt worden war. Clara hatte den jungen Mann bereits bei einer anderen Gelegenheit kennengelernt und mochte ihn nicht. Deshalb hatte sie Obi am Telephon gesagt, daß sie keine Lust habe, ihm noch einmal zu begegnen. Doch Obi hatte darauf bestanden, worauf Clara ihm geantwortet hatte: »Ich verstehe nicht, warum du unbedingt willst, daß ich mich mit Leuten treffe, die ich gar nicht treffen will.« »Clara, du bist ja eine Dichterin«, hatte Obi erwidert, »Leute treffen, die man gar nicht treffen will, das ist reinster T. S. Eliot.«

Clara hatte keine Ahnung, wovon er sprach, doch sie ging hin und traf beim Mittagessen Obis Freund Christopher. Das mindeste also, was Obi für sie tun konnte, war, mit ihr im Kino zu sitzen und einen ihrer »sehr guten Filme« anzusehen, genauso, wie sie bei einem sehr langweiligen Mittagessen dabeigesessen hatte, während Obi und Christopher über Bestechung im öffentlichen Leben Nigerias theoretisierten. Wann immer sich Obi und Christopher trafen, gerieten sie unvermeidlich in eine erhitzte Debatte über Nigerias Zukunft. Welche Position auch immer Obi vertrat, Christopher mußte das Gegenteil vertreten. Christopher war Wirtschaftswissenschaftler von der *London School of Economics*, und er wies stets darauf hin, daß Obis Argumente nicht auf einer faktischen oder wissenschaftlichen Analyse beruhten, was nicht weiter verwunderlich war, da Obi seinen Abschluß im Hauptfach Englisch gemacht hatte.

»Der ganze Staatsdienst ist korrupt, weil an der Spitze diese sogenannten ›Männer mit Erfahrung‹ sitzen.«

»Du glaubst also nicht an Erfahrung? Du meinst, man sollte jemand, der geradewegs von der Universität kommt, zum Staatssekretär machen?«

»Ich sagte nicht *geradewegs* von der Universität – doch selbst das wäre besser, als unsere höchsten Stellen mit alten Männern zu besetzen, die keine intellektuellen Grundlagen besitzen, um ihre Erfahrungen zu verarbeiten.«

»Und was ist mit dem Beamten vom Grundbuchamt, der

vergangenes Jahr ins Gefängnis mußte? Er kam direkt von der Universität.«

»Er ist eine Ausnahme«, sagte Obi, »aber nimm mal einen dieser alten Männer. Wahrscheinlich hat er vor dreißig Jahren nach der sechsten Klasse die Grundschule verlassen. Durch Bestechung hat er sich langsam, aber sicher nach oben gearbeitet – er hat die Feuerprobe bestanden. Für ihn ist Bestechung etwas Natürliches. Er hat gegeben und genommen. Unsere Leute sagen, ehrst du den Mann an der Spitze, so werden andere dich ehren, wenn du an der Reihe bist, oben zu sitzen. Genau das sagen sich auch die alten Männer.«

»Und was sagen die jungen Männer, wenn ich fragen darf?«

»Für die meisten stellt sich das Problem Bestechung überhaupt nicht. Sie machen ihren Weg zur Spitze direkt, ohne irgend jemand zu bestechen. Das heißt nicht, daß sie unbedingt besser sind als andere. Sie können sich diese Tugend einfach leisten; aber man kann sie ja zur Gewohnheit werden lassen.«

»Sehr gut gesagt«, gab Christopher zu und fischte ein großes Stück Fleisch aus der *egusi*-Suppe. Sie aßen gestoßene Yamswurzeln und Melonenkernsuppe mit den Fingern. Die zweite Generation gebildeter Nigerianer aß wieder gestoßene Yamswurzeln oder *garri*, das traditionelle Gericht aus Maniokgrieß, mit den Fingern – aus dem guten Grund, daß es so besser schmeckte. Außerdem gab es noch einen weiteren Grund dafür – anders als die erste Generation hatten sie keine so große Angst mehr davor, »unzivilisiert« genannt zu werden.

»Zachäus!« rief Clara.

»Ja, Madam«, antwortete eine Stimme aus der Anrichte.

»Bring uns noch Suppe!«

Zachäus hatte eigentlich keine Lust zu antworten, aber er besann sich eines Besseren und sagte widerwillig: »Ja, Madam.«

Zachäus war fest entschlossen zu kündigen, sobald sein Herr die Madam heiraten würde. Er war zu dem Urteil gelangt: »Ich mag den Herrn sehr gut leiden, aber diese Madam taugt nichts!«

Drittes Kapitel

Die Beziehung zwischen Obi und Clara konnte man nicht eben als Liebe auf den ersten Blick bezeichnen. Sie waren sich zum ersten Mal auf einem Ball begegnet, den die Londoner Zweigstelle des *National Council of Nigeria and the Cameroons* in der Stadthalle St. Pancras veranstaltete. Clara wurde von einem Studenten begleitet, den Obi einigermaßen gut kannte und der die beiden einander vorstellte. Obi war ihre Schönheit sofort aufgefallen, und er verfolgte sie mit den Augen durch den ganzen Saal. Schließlich gelang es ihm, sie zu einem Tanz aufzufordern. Doch er war so aufgeregt, daß ihm nichts anderes zu sagen einfiel als: »Können Sie schon lange tanzen?« »Nein, warum?« war die brüske Antwort. Obi war noch nie ein guter Tänzer gewesen, doch an jenem Abend war er geradezu unglaublich schlecht. In den ersten dreißig Sekunden trat er ihr wenigstens viermal auf die Füße. Fortan konzentrierte sie sich darauf, ihren Fuß jeweils rechtzeitig zur Seite zu bewegen. Sobald der Tanz zu Ende war, entfloh sie. Obi folgte ihr zu ihrem Platz, nur um »Vielen Dank« zu sagen. Sie nickte, ohne aufzuschauen.

Es sollten fast eineinhalb Jahre vergehen, ehe sie sich am Harrington Dock in Liverpool wieder begegneten, denn es hatte sich so ergeben, daß sie am selben Tag auf demselben Schiff nach Nigeria zurückkehren würden.

Es war ein kleines Frachtschiff mit zwölf Passagieren und einer Besatzung von fünfzig Mann. Als Obi am Dock ankam, hatten sich die anderen Passagiere bereits eingeschifft und erledigten ihre Zollformalitäten. Der kleine, glatzköpfige Zollbeamte war sehr freundlich. Als erstes fragte er Obi, ob ihm sein Aufenthalt in England gefallen habe. Hatte er in England eine Universität besucht? Das Wetter müsse doch sehr kalt für ihn gewesen sein.

»Das Wetter hat mir schließlich nicht mehr viel ausgemacht«, sagte Obi, der gelernt hatte, daß sich ein Engländer wohl über das Wetter beklagen mochte, von einem Ausländer jedoch erwartete, in diese Klagen nicht einzustimmen.

Als Obi den Salon betrat, fiel er fast in Ohnmacht, als er dort Clara erblickte. Sie unterhielt sich mit einer älteren Frau und einem jungen Engländer. Obi setzte sich zu ihnen und stellte sich vor. Die ältere Dame, die Mrs. Wright hieß, befand sich auf der Rückreise nach Freetown. Der junge Mann hießt Macmillan und war Verwaltungsbeamter in Nord-Nigeria. Clara stellte sich als Miss Okeke vor. »Ich glaube, wir sind uns schon einmal begegnet«, sagte Obi. Clara zeigte Überraschung und eine gewisse Feindseligkeit. »Beim N.C.N.C.-Ball in London.« »Ach, wirklich«, sagte sie und bekundete genau so viel Interesse, als hätte man sie eben davon informiert, daß sie sich auf einem Schiff in den Docks von Liverpool befände. Dann setzte sie ihre Unterhaltung mit Mrs. Wright fort.

Das Schiff legte um elf Uhr vom Harrington Dock ab. Den Rest des Tages verbrachte Obi alleine – entweder betrachtete er das Meer, oder er las in seiner Kabine. Es war seine erste Seereise, und für ihn stand bereits fest, daß es unendlich viel besser als fliegen war.

Am nächsten Morgen erwachte Obi ohne jegliches Anzeichen der vielbesprochenen Seekrankheit. Ehe irgendeiner der anderen Passagiere aufgestanden war, hatte er ein heißes Bad genommen und schaute nun über die Reling aufs Meer hinaus. Gestern abend war es so sanft und reglos gewesen, und nun hatte es sich in eine endlose Wüste ruheloser kleiner Hügel mit zackigen Spitzen und weißen Kronen verwandelt. Fast eine Stunde lang stand Obi dort und tankte die unverdorbene Luft. »Die mit Schiffen auf dem Meere fuhren ...«, ging es ihm durch den Kopf, und obwohl ihm Religion derzeit sehr wenig bedeutete, war er tief bewegt.

Als der Gong zum Frühstück rief, verspürte er kräftigen

Hunger, kräftig wie die Luft dieses Morgens. Die Sitzordnung war am Tag zuvor festgelegt worden. Ein großer Tisch für zehn Personen stand in der Mitte des Speisesaals, außerdem gab es sechs kleine Zweiertische, die über den Raum verteilt waren. Acht der zwölf Passagiere saßen an dem großen Tisch, dessen eines Ende der Kapitän, das andere der erste Maschinist einnahmen. Obi hatte seinen Platz zwischen Macmillan und einem nigerianischen Beamten namens Stephen Udom. Ihm direkt gegenüber saß Mr. Jones, der irgend etwas bei der *United African Company* war. Mr. Jones arbeitete sich stets mit Ausdauer durch vier der fünf reichhaltigen Gänge, um dann mit dem Ausdruck selbstgefälliger Mäßigung dem Steward mitzuteilen, er wünsche »nur Kaffee«, mit der Betonung auf dem »nur«.

Im Gegensatz zu Mr. Jones rührte der erste Maschinist sein Essen kaum an. Beobachtete man sein Gesicht, gewann man den Eindruck, man hätte ihm Karlsbader Salz, Rhabarber und Rizinusöl serviert. Er saß mit hochgezogenen Schultern und an den Körper gepreßten Armen da, als befürchte er, jeden Augenblick die Flucht ergreifen zu müssen.

Clara saß links von Mr. Jones, doch Obi vermied es sorgfältig, in ihre Richtung zu blicken. Sie unterhielt sich mit einem Erziehungsbeauftragten aus Ibadan, der ihr den Unterschied zwischen Sprache und Dialekt erläuterte.

Der Golf von Biskaya zeigte sich vorerst sehr ruhig und friedlich. Der Himmel am Horizont, dem das Schiff entgegensteuerte, war hell und schien vage etwas Sonnenschein zu versprechen. Das Meer verschmolz in der Ferne nun nicht mehr mit dem Himmel, sondern hob sich in tiefem und scharfem Kontrast ab, gleich einer riesigen, asphaltierten Startbahn, auf der man sich wohl Gottes Flugzeug vorstellen konnte. Als es dann Abend wurde, fand der sanfte Frieden ein ziemlich plötzliches Ende: Das Antlitz der See verzerrte sich vor Wut. Obi fühlte leichten Schwindel, und sein Kopf wurde schwer. Als er zum Abendessen hinunterging, schaute er die Speisen nur an. Ein paar Passagiere waren gar nicht erschienen, die anderen aßen schweigend.

Obi kehrte in seine Kabine zurück und wollte sofort zu Bett gehen, als es an der Tür klopfte. Er öffnete, und draußen stand Clara.

»Es fiel mir auf, daß Sie nicht gut aussahen«, sagte sie in Ibo, »deshalb habe ich Ihnen einige Tabletten Bonamine gebracht.« Sie gab ihm einen Umschlag mit einem halben Dutzend weißer Tabletten. »Nehmen Sie zwei vor dem Schlafengehen.«

»*Ganz* herzlichen Dank, das ist wirklich sehr freundlich von Ihnen.« Obi war völlig überwältigt, und alle eingeübte kühle Gleichgültigkeit verließ ihn. »Aber«, stammelte er, »brauchen Sie nicht selbst ...«

»O nein, ich habe genug für alle Passagiere – das ist der Vorteil, wenn man eine Krankenschwester an Bord hat.« Sie lächelte kaum merklich. »Ich habe eben Mrs. Wright und Mr. Macmillan welche gegeben. Gute Nacht, morgen früh werden Sie sich besser fühlen.«

Im Gleichklang mit den launenhaften Bewegungen des kleinen Schiffes, das sich stöhnend und ächzend durch die Dunkelheit fortbewegte, wurde Obi die ganze Nacht lang von einer Bettkante zur anderen hin- und hergerollt. Er konnte weder schlafen noch wach liegen. Doch irgendwie gelang es ihm während des größten Teils der Nacht, jeweils ein paar Sekunden lang an Clara zu denken. Er war fest entschlossen gewesen, keinerlei Interesse an ihr zu zeigen. Und doch mußten seine Freude und Verwirrung sehr offensichtlich gewesen sein, als er die Tür geöffnet und sie gesehen hatte. Und sie hatte ihn genauso behandelt wie jeden anderen Patienten auch. »Ich habe Mr. Macmillan und Mrs. Wright welche gegeben.« Doch andererseits hatte sie zum ersten Mal Ibo gesprochen, als wollte sie sagen, »wir gehören zusammen, wir sprechen dieselbe Sprache«. Und es schien, als habe sie ein klein wenig Interesse gezeigt.

Am Morgen stand Obi sehr früh auf und fühlte sich etwas besser, aber noch nicht wirklich gut. Die Crew hatte bereits das Deck gewaschen, und fast wäre er auf dem nassen Holz ausgerutscht. Er nahm seinen Lieblingsplatz an der Reling ein. Dann hörte er den leichten Schritt einer Frau, drehte sich um und sah Clara.

»Guten Morgen«, sagte er und lächelte.

»Guten Morgen«, antwortete sie und wollte weitergehen.

»Danke für die Tabletten«, sagte er in Ibo.

»Haben Sie sich danach besser gefühlt?« fragte sie auf englisch.

»Ja, viel besser.«

»Das freut mich«, sagte sie und ging weiter.

Obi lehnte sich wieder übers Geländer und schaute hinunter auf das ruhelose Meer, das nun einer bewegten Wildnis voll scharf zerklüfteter, kantiger Felsen glich. Seit sie Liverpool verlassen hatten, war die See nun zum ersten Mal richtig blau – es war ein nicht auszulotendes, tiefes Blau, das durch die leuchtenden, weißen Kronen zahlloser aufeinanderprallender und brechender Wellen noch hervorgehoben wurde. Er hörte jemand schwer und schnell auftreten und dann stürzen. Es war Macmillan.

»O, das tut mir aber leid«, bemerkte Obi.

»Ach, das macht nichts«, erwiderte der andere und lachte betreten, wobei er versuchte, seinen nassen Hosenboden trockenzureiben.

»Ich bin auch beinahe hingefallen«, sagte Obi.

»Passen Sie auf, Miss Okeke«, rief Macmillan, als Clara wieder vorbeikam. »Das Deck ist tückisch glatt, ich bin eben ausgerutscht.« Er strich sich noch immer über seine nasse Hose.

»Der Kapitän sagt, wir würden morgen eine Insel erreichen«, sagte Clara.

»Ja, Madeira«, bestätigte Macmillan. »Morgen abend, glaube ich.«

»Es ist auch höchste Zeit«, bemerkte Obi.

»Mögen Sie die See nicht?«

»Doch, aber nach fünf Tagen brauche ich eine Abwechslung.«

Obi Okonkwo und John Macmillan waren plötzlich Freunde geworden – von dem Augenblick an, als Macmillan auf dem Deck ausgerutscht war. Bald spielten sie zusammen Tischtennis und spendierten sich gegenseitig Drinks.

»Was nehmen Sie, Mr. Okonkwo?« fragte Macmillan.

»Bier, bitte. Es wird mit der Zeit ziemlich warm.« Obi fuhr sich mit dem Daumen über die Stirn und schnippte den Schweiß von der Hand.

»Ja, allerdings«, erwiderte Macmillan und blies sich ins Hemd.

»Wie heißen Sie übrigens mit Vornamen? Ich heiße John.«

»Und ich Obi.«

»Obi ist ein schöner Name. Was bedeutet er? Man hat mir erzählt, daß alle afrikanischen Namen eine Bedeutung haben.«

»Nun, ich weiß nicht, ob alle *afrikanischen* Namen ... Ibo-Namen schon. Manchmal sind es lange Sätze, wie bei diesem Propheten in der Bibel, der seinen Sohn ›Die Übriggebliebenen werden wiederkehren‹ nannte.«

»Was hast du in London studiert?«

»Englisch, warum?«

»Ach, es hat mich nur so interessiert. Wie alt bist du? Entschuldige, daß ich so viele Fragen stelle.«

»Fünfundzwanzig«, sagte Obi, »und du?«

»Wie seltsam, ich bin auch fünfundzwanzig. Wie alt ist wohl Miss Okeke?«

»Frauen und Musik soll man nie einzuschätzen versuchen«, sagte Obi lächelnd. »Ich würde sagen, sie ist ungefähr dreiundzwanzig.«

»Sie ist sehr schön, findest du nicht auch?«
»O ja, sehr schön!«

Sie waren nun nicht mehr weit von Madeira entfernt – noch ungefähr zwei Stunden, meinte jemand. Jedermann stand an der Reling, und man spendierte sich gegenseitig Drinks. Mr. Jones wurde plötzlich poetisch. »Wasser, überall Wasser, doch kein Tropfen zu trinken«, deklamierte er. Dann wurde er prosaisch. »Was für eine Wasserverschwendung!« sagte er.

Obi schien diese Bemerkung plötzlich sehr zutreffend. Welche Verschwendung. Ein mikroskopisch kleiner Teil des Atlantik könnte die Sahara in üppiges Weideland verwandeln. Was gibt es mehr über diese beste aller möglichen Welten zu sagen? Hier Überfluß und dort – nichts.

Bei Sonnenuntergang ging das Schiff in Funchal vor Anker. Man sah einen jungen Mann in Begleitung von zwei Kindern in einem winzigen Boot herbeirudern. Das jüngere der beiden Kinder war ein höchstens zehnjähriger Junge, das andere, auch ein Junge, vielleicht zwei Jahre älter. Sie wollten nach Geld tauchen, sagten sie, und sofort flogen die Münzen vom hohen Deck hinunter in die See. Die Jungen holten jede einzelne Münze wieder heraus. Stephen Udom warf einen Penny ins Wasser. Keiner rührte sich; für Pennies tauchten sie nicht, sagten sie. Alles lachte.

Als die Sonne sank, glichen die zerklüfteten Felsenhügel von Funchal mit den grünen Bäumen und den weißgekalkten Häusern unter ihren roten Ziegeldächern einer verwunschenen Insel. Gleich nach dem Abendessen gingen Macmillan, Obi und Clara zusammen an Land. Sie wanderten über Straßen mit holprigem Kopfsteinpflaster, vorbei an merkwürdigen Fahrzeugen in den Taxiständen. Sie überholten zwei Ochsen, die einen Karren zogen, ein flaches Brett auf Rädern; darauf saß ein Mann, der neben sich einen mit irgend etwas gefüllten Sack liegen hatte. Sie betraten kleine Gärten und spazierten durch Parkanlagen.

»Eine richtige Gartenstadt!« meinte Clara.

Nach ungefähr einer Stunde kamen sie wieder hinunter ans Meer, wo sie sich unter einen riesigen, rotgrünen Sonnenschirm setzten und Kaffee und Wein bestellten. Ein Mann, der Postkarten verkaufte, kam vorüber; er setzte sich zu ihnen und erzählte vom Wein Madeiras. Er kannte nur wenige englische Worte, doch er ließ niemand im Zweifel darüber, was er meinte.

»Las-Palmas-Wein, italienischer Wein, nur Wasser. Madeirawein, zwei Augen, vier Augen!« Sie lachten, und er lachte auch. Dann kaufte ihm Macmillan wertlosen Schmuck ab, dem anzusehen war, daß er, noch ehe sie aufs Schiff zurückkehrten, seinen Glanz verlieren würde.

»Ihrer Freundin wird das nicht gefallen, Mr. Macmillan«, sagte Clara.

»Das ist doch für die Frau meines Stewards«, erklärte er. Dann fügte er hinzu: »Ich kann es nicht ausstehen, wenn man mich Mr. Macmillan nennt. Dann komme ich mir so alt vor.«

»Das tut mir leid«, sagte Clara. »Sie heißen John, nicht wahr? Und Sie sind Obi. Ich heiße Clara.«

Um zehn Uhr wollten sie aufbrechen, denn das Schiff sollte nach den Worten des Kapitäns gegen elf Uhr die Anker lichten. Macmillan entdeckte, daß er noch etwas portugiesisches Kleingeld hatte, und bestellte noch ein Glas Wein, das er sich mit Obi teilte. Dann gingen sie Hand in Hand zum Schiff zurück, Clara in der Mitte, Macmillan rechts von ihr und Obi links.

Die anderen Passagiere waren noch nicht zurückgekehrt, und das Schiff lag verlassen da. Sie lehnten an der Reling und unterhielten sich über Funchal. Dann sagte Macmillan, er habe noch einen wichtigen Brief nach Hause zu schreiben. »Bis morgen früh«, verabschiedete er sich.

»Ich sollte auch Briefe schreiben«, meinte Clara.

»Nach England?« fragte Obi.

»Nein, nach Nigeria.«

»Dann eilt es nicht«, erwiderte er. »Ich habe gehört, daß man erst in Freetown Briefe nach Nigeria aufgeben kann.«

Sie hörten Macmillans Tür zuschlagen. Ihre Augen trafen sich einen Augenblick, und ohne ein weiteres Wort nahm Obi sie in die Arme. Sie zitterte, als er sie wieder und wieder küßte.

»Laß mich«, flüsterte sie.

»Ich liebe dich.«

Sie schwieg und schien in seinen Armen zu vergehen.

»Nein, du liebst mich nicht wirklich«, sagte sie unvermittelt. »Wir sind nur unvernünftig. Morgen früh hast du alles vergessen.« Sie schaute ihn an und küßte ihn leidenschaftlich. »Ich weiß, daß ich mich morgen früh dafür hassen werde. Man kann nicht ... laß mich los, da kommt jemand.«

Es war Mrs. Wright, die afrikanische Dame aus Freetown.

»Sind Sie schon zurück?« fragte sie. »Wo sind die anderen? Ich konnte überhaupt nicht schlafen.« Sie habe Verdauungsstörungen, sagte sie.

Viertes Kapitel

Im Unterschied zu den Postschiffen, die an bestimmten Wochentagen am Kai von Lagos festmachten, war die Ankunft von Frachtschiffen völlig unvorhersagbar. Daher warteten, als die M. S. SASA einlief, am *Atlantic Terminal* keine Freunde, um die Passagiere willkommen zu heißen. An den Postschifftagen war der sehr schöne und luftige Warteraum normalerweise voll fröhlich gekleideter Menschen – Freunde und Verwandte, die auf die Ankunft eines Schiffes und seiner Passagiere warteten, kühles Bier und Cola tranken oder sich an süßen Brötchen gütlich taten. Zuweilen begegnete man einem kleinen Grüppchen, das still und traurig wartete. Man konnte dann davon ausgehen, daß der Sohn in England eine weiße Frau geheiratet hatte.

Doch als die M. S. SASA einlief, war kein vergleichbares Empfangspublikum zur Stelle, und es war offensichtlich, daß Mr. Stephen Udom deshalb zutiefst enttäuscht war. Sobald Lagos am Horizont aufgetaucht war, hatte er sich in seine Kabine zurückgezogen, um trotz des heißen Oktobertages eine halbe Stunde später im schwarzen Anzug, mit Melone und aufgerolltem Regenschirm zu erscheinen.

Die Zollformalitäten nahmen hier dreimal soviel Zeit in Anspruch wie in Liverpool und beschäftigten fünfmal soviel Zollbeamte. Ein junger Mann, kaum erwachsen, fertigte Obis Kabine ab. Er erklärte, daß die Zollgebühr für Obis Radio fünf Pfund betrage.

»In Ordnung«, sagte Obi und griff nach seiner Hüfttasche. »Schreiben Sie mir eine Quittung.« Der Junge schrieb nicht. Ein paar Sekunden lang fixierte er Obi, dann sagte er: »Für Sie könnte ich die Gebühr auch auf zwei Pfund herabsetzen.«

»Wie bitte?« fragte Obi.

»Das könnte ich schon machen, aber vom Zollamt bekommen Sie dann keine Quittung.«

Obi war einen Augenblick lang sprachlos. Dann sagte er nur: »Mach doch kein so dummes Zeug. Wenn ein Polizist hier wäre, würde ich dich ihm übergeben.« Ohne ein weiteres Wort stürzte der Junge aus der Kabine. Ein wenig später entdeckte Obi, wie er sich um andere Passagiere bemühte.

»Gutes altes Nigeria«, sagte er zu sich selbst, während er auf einen anderen Zollbeamten wartete. Schließlich, nachdem alle Passagiere abgefertigt waren, erschien auch bei ihm einer.

Wäre Obi mit dem Postschiff zurückgekehrt, hätte ihm die *Progressive Union von Umuofia* (Ortsverband Lagos) einen königlichen Empfang am Hafen bereitet. Auf alle Fälle war in ihrer Sitzung beschlossen worden, ihm einen großen Empfang zu bereiten, zu dem die Presse mit Berichterstattern und Photographen eingeladen werden sollte. Auch an den nigerianischen Rundfunk war eine Einladung mit der Bitte ergangen, über das Ereignis zu berichten und Aufnahmen von dem Damenvokalensemble aus Umuofia zu machen, das einige neue Lieder einstudiert hatte.

Der Empfang fand am Samstag nachmittag um 16 Uhr in der Moloney Street statt, wo der Präsident zwei Zimmer bewohnte.

Jedermann war korrekt gekleidet – man trug entweder *agbada*, das traditionelle weite Gewand, oder einen europäischen Anzug – außer dem Ehrengast, der wegen der Hitze in Hemdsärmeln gekommen war. Das war Obis Fehler Nummer eins. Jedermann erwartete von einem jungen Mann aus England, daß er mit eindrucksvoller Kleidung in Erscheinung treten würde.

Nach dem Eingangsgebet verlas der Geschäftsführer der *Union* die Begrüßungsansprache. Er erhob sich, räusperte sich und hob mit feierlichem Pathos an, seine Rede von einem riesigen Blatt Papier abzulesen.

»Begrüßungsansprache des Vorstandes und der Mitglieder der *Progressiven Union von Umuofia* für Herrn Michael Obi Okonkwo B. A. (mit Auszeichnung), London, aus Anlaß seiner Rückkehr aus dem Vereinigten Königreich, wo er auf der Suche nach dem Goldenen Vlies weilte.

Sir, mit Demut und Dankbarkeit präsentieren wir, der Vorstand und die Mitglieder der obengenannten Union, Ihnen dieses Zeichen unserer Anerkennung für Ihre in ihrer Art einmaligen akademischen Glanzleistungen . . .«

Er sprach von der großen Ehre, die Obi der alten Stadt Umuofia bereitet habe, die sich nun der Gemeinschaft der anderen Städte auf ihrem Marsch zu politischem Irredentismus, zu sozialer Gleichberechtigung und wirtschaftlicher Emanzipation anschließen könne.

»Es ist von geradezu axiomatischer Bedeutung, daß einer unserer Söhne in der Vorhut dieses Aufbruchs zum Fortschritt marschiert. Unser Volk kennt ein Sprichwort, in dem es heißt: ›Das Unsere ist unser, aber meines ist mein.‹ In dieser bedeutsamen Epoche unserer politischen Entwicklung kämpfen jede Stadt und jedes Dorf um den Besitz dessen, von dem man sagen kann: ›Dies ist mein.‹ Wir schätzen uns glücklich, daß wir heute in der Person unseres berühmten Sohnes und Ehrengastes einen solchen Besitz von derart unschätzbarem Wert unser eigen nennen dürfen.«

Er skizzierte die Entstehungsgeschichte des Stipendienprojektes von Umuofia, durch das Obis Studium in Übersee möglich geworden war, und bezeichnete es als eine Investition, die hohe Dividenden abwerfen müsse. Dann erwähnte er – nur sehr verblümt natürlich – die Abmachung, nach der es von dem Nutznießer dieses Projekts erwartet werde, innerhalb eines Zeitraums von vier Jahren seine Schulden zurückzuzahlen, »damit es einem nicht enden wollenden Strom von Studenten vergönnt sein möge, ihren Durst an der Pierischen Quelle der Weisheit zu löschen«.

Es versteht sich von selbst, daß diese Rede wiederholt von Zurufen und Klatschen unterbrochen wurde. Was für ein gescheiter junger Mann ihr Geschäftsführer doch sei, hieß es allenthalben. Er habe es eigentlich verdient, selbst nach England zu gehen. Alle bewunderten sein Englisch, auch wenn sie es nicht verstanden – ein Englisch, das einem zu beißen gab, so wie das zähe Fleisch im Sprichwort.

Obis Englisch war dagegen wenig eindrucksvoll. Seine Sprache erschöpfte sich in »ist« und »war«. Er redete über die Bedeutung von Erziehung und Ausbildung. »Ausbildung nicht mit dem Ziel, einen Angestelltenjob zu bekommen und ein angenehmes Gehalt zu beziehen, sondern es geht hier um Ausbildung zum Dienst. Auf der Schwelle zur Unabhängigkeit braucht unser großartiges Land Männer, die bereit sind, ihm gut und treu zu dienen.«

Als er sich setzte, klatschte das Publikum höflich. Fehler Nummer zwei.

Anschließend gab es kaltes Bier, Limonade, Palmwein und Plätzchen, und die Frauen begannen, Lieder über Umuofia und über Obi zu singen: Obi Okonkwo *nwa jelu oyibo* – Obi, der das Land der Weißen besucht hat. Der Refrain wiederholte unzählige Male, daß die Kraft des Leoparden in seinen Klauen liege.

»Haben sie dir schon einen Job angeboten?« wandte sich der Vorsitzende trotz der lauten Musik an Obi. In Nigeria bezeichnete man die Leute in der Regierung mit »sie«. Mit mir oder dir hatte das nichts zu tun. Die Regierung war eine feindliche Institution, und jeder einzelne versuchte, aus ihr soviel wie möglich herauszuholen, ohne in Schwierigkeiten zu geraten.

»Noch nicht. Am Montag stelle ich mich vor.«

»Natürlich wird es für jene, die studiert haben, keine Schwierigkeiten geben«, sagte der Vizepräsident, der links von Obi saß. »Sonst hätte ich vorgeschlagen, einige der maßgeblichen Leute *vorher aufzusuchen.*«

»Das wird nicht nötig sein«, meinte der Präsident, »denn es handelt sich dabei zum größten Teil um Weiße.«

»Glaubst du denn, daß Weiße keine Bestechungsgelder einstecken? Komm mal in unsere Abteilung – heutzutage stecken sie mehr ein als Schwarze.«

Joseph nahm Obi nach dem Empfang mit ins »Palm Grove« zum Abendessen. Es war ein hübsches kleines Restaurant, das Samstag abends nicht sehr gut besucht war, da die Lagosianer dann ein etwas robusteres Vergnügen vorzogen. Nur eine Handvoll Leute saß in der Halle – vielleicht ein Dutzend Europäer und drei Afrikaner.

»Wem gehört das Restaurant?«

»Ich glaube, einem Syrer. Denen gehört alles in Lagos«, sagte Joseph.

Sie setzten sich an einen der freien Ecktische, doch kaum hatten sie Platz genommen, bemerkten sie, daß sie direkt unter einem Ventilator saßen, worauf sie sich einen anderen Tisch suchten. Große Kugellampen, von tanzenden Insekten umschwirrt, verbreiteten ein weiches Licht. Vielleicht nahmen die Insekten nicht wahr, daß in jeder Lampe eine Menge toter Körper lag, die einmal so wie sie selbst getanzt hatten. Oder wenn sie es wahrnahmen, kümmerten sie sich jedenfalls nicht darum.

»Bedienung!« rief Joseph wichtigtuerisch, worauf ein ganz in Weiß gekleideter Kellner erschien – um das lose Oberteil seines Anzugs trug er eine rote Schärpe und als Kopfbedeckung einen roten Fez. »Was darf ich Ihnen bringen?« fragte er Obi mit vorgebeugtem Oberkörper und wartete.

»Ich möchte jetzt eigentlich nicht noch mehr trinken.«

»Unsinn. Der Tag ist noch jung, trink ein kaltes Bier.« Er wandte sich an den Kellner. »Zwei Heineken.«

»Nein, nein, eines ist genug, das teilen wir uns.«

»Zwei Heineken«, wiederholte Joseph, worauf der Kellner an die Theke ging, um kurz darauf mit zwei Flaschen auf einem Tablett zurückzukehren.

»Kann man hier nigerianisch essen?«

Überrascht hörte Joseph diese Frage. Kein anständiges Restaurant servierte nigerianisches Essen. »Möchtest du wirklich nigerianisch essen?«

»Natürlich. Ich konnte es kaum mehr erwarten, gestoßene Yamswurzeln mit *bitterleaf*-Soße zu essen. In England versuchten wir, uns mit Grieß zu behelfen, aber das ist auch nicht das Wahre.«

»Ich werde meinen Hausboy bitten, dir morgen mittag gestoßene Yams zuzubereiten.«

»Du bist Spitze«, sagte Obi, und er wurde zusehends besserer Laune. Dann fügte er für die Europäer am nächsten Tisch in Englisch hinzu: »Ich kann keine gekochten Kartoffeln mehr sehen!«

Er sprach absichtlich mit übertrieben englischem Akzent, um deutlich zum Ausdruck zu bringen, wie sehr ihn diese Kartoffeln anwiderten.

Eine weiße Hand packte von hinten seinen Stuhl. Er drehte sich schnell um und sah, daß es die alte Geschäftsführerin war, die sich beim Gehen auf die Stühle stützte, da sie unsicher auf den Beinen war. Sie mußte weit über siebzig sein, wenn nicht achtzig. So bewegte sie sich durch die Halle bis hinter die Theke. Dann erschien sie wieder mit einem Glas Milch in der zitternden Hand.

»Wer hat den Staublappen hier liegenlassen?« sagte sie und zeigte dabei auf einen gelben Lappen, der am Boden lag.

»Weiß nicht«, antwortete der Kellner, an den die Frage gerichtet war.

»Schaff ihn weg«, krächzte sie. Über der Anstrengung, Befehle zu erteilen, hatte sie das Glas Milch vergessen. Es neigte sich in ihrer unsicheren Hand und ergoß sich über ihr hübsches, geblümtes Kleid. Sie ging zu einem Sessel in einer

Ecke und ließ sich hineinfallen, wobei sie ächzte und stöhnte wie eine alte Maschine, die vom langen Stehen im Regen rostig geworden war. Dieser Sessel mußte wohl ihr Lieblingsplatz sein, denn direkt darüber hing ein Käfig mit ihrem Papagei. Kaum hatte sie sich gesetzt, erschien er auch schon am offenen Türchen und nahm auf seiner aus dem Käfig herausragenden Sitzstange Platz, hob den Schwanz und ließ etwas fallen, das die Dame um kaum einen halben Zentimeter verfehlte. Obi richtete sich ein klein wenig auf, um den Schmutz auf dem Fußboden sehen zu können – doch es hatte gar keinen Schmutz gegeben. Alles war aufs schönste organisiert: Neben dem Stuhl der alten Dame stand ein Tablett, fast randvoll mit nassem Kot.

»Ich glaube nicht, daß dieses Restaurant einem Syrer gehört«, bemerkte Obi. »Sie ist Engländerin.«

Sie aßen Spieße vom Grill, und Obi mußte zugeben, daß sie gar nicht so übel schmeckten. Doch eines war ihm nach wie vor ein Rätsel – warum hatte man ihn nicht bei Joseph untergebracht? Noch von England aus hatte er ihn darum gebeten. Statt dessen hatte ihn die *Progressive Union von Umuofia* auf ihre Kosten in einem nicht besonders guten Hotel einquartiert, das einem Nigerianer gehörte und in den Außenbezirken von Yaba lag.

»Hast du meinen letzten Brief aus England bekommen?«

Ja, er habe ihn erhalten, antwortete Joseph, und sich sofort nach Eintreffen des Briefes mit dem Vorstand der P. U. U. darüber beraten, und man sei übereingekommen, ihn, wie es sich gehöre, in einem Hotel unterzubringen. Als könne er Obis Gedanken lesen, sagte er: »Du weißt ja, daß ich nur das eine Zimmer habe.«

»Ach Unsinn«, erwiderte Obi. »Ich ziehe morgen früh aus diesem schmuddeligen Hotel aus und komme zu dir.«

Joseph hörte dies mit Verwunderung und war hoch erfreut. Er versuchte, noch weitere Einwände zu finden, doch es war eindeutig, daß er es nur halbherzig tat.

»Was werden die Leute aus den anderen Städten sagen, wenn sie erfahren, daß ein eben aus England zurückgekehrter Sohn Umuofias bei jemand in Obalende wohnt und dessen einziges Zimmer mit ihm teilt?«

»Laß sie sagen, was sie wollen.«

Eine Weile redeten sie nicht mehr und aßen schweigend, dann sagte Obi: »Unser Volk hat noch einen langen Weg vor sich.« Im selben Augenblick hatte auch Joseph zu sprechen angesetzt, doch er unterbrach sich.

»Bitte, was wolltest du eben sagen?«

»Ich wollte sagen, daß ich an Fügungen des Schicksals glaube.«

»Wirklich? Warum?«

»Erinnerst du dich daran, daß Mr. Anene, unser Klassenlehrer, immer gesagt hat, daß du nach England gehen würdest? Damals warst du so klein, und deine Nase lief ununterbrochen. Und trotzdem warst du am Ende eines jeden Schuljahrs der Klassenbeste. Weißt du noch, daß wir dich ›Wörterbuch‹ nannten?«

Joseph sprach sehr laut, was Obi äußerst peinlich war.

»Ja, meine Nase läuft noch immer, man hat mir gesagt, es sei Heuschnupfen.«

»Und dann«, fuhr Joseph fort, »schriebst du diesen Brief an Hitler.«

Obi lachte laut, was er sehr selten tat. »Ich möchte selber gerne wissen, warum ich das tat. Ich denke noch manchmal darüber nach. Was bedeutete Hitler für mich, oder was war ich für Hitler? Wahrscheinlich tat er mir leid. Außerdem hatte ich keine Lust, jeden Tag in den Busch zu gehen, um für die Aktion ›Gemeinsam gewinnen wir den Krieg‹ Palmkerne zu pflücken.« – Unvermittelt wurde Obi sehr ernst. »Genaugenommen hat der Direktor ziemlich gewissenlos gehandelt, als er kleinen Kindern jeden Morgen sagte, daß sie mit jedem Palmkern, den sie pflückten, einen Nagel für Hitlers Sarg kauften.«

Sie verließen den Speisesaal und kehrten in die Halle zurück. Joseph wollte noch ein Bier bestellen, doch Obi weigerte sich standhaft.

Von seinem Platz aus konnte Obi die auf der Broad Street vorbeifahrenden Autos beobachten. Ein langgestreckter De Soto fuhr vor und hielt direkt vor dem Eingang. Ein junger, gutaussehender Mann betrat die Halle. Ein Raunen ging durch die Reihen, als sich jedermann nach ihm umwandte und seinem Nachbarn zuflüsterte, dies sei der Minister.

»Das ist der Ehrenwerte Sam Okoli«, flüsterte Joseph. Doch Obi starrte wie vom Donner gerührt auf den De Soto im Halbdunkel der Straße.

Sam Okoli war in Lagos und in Ost-Nigeria, wo er seinen Wahlkreis hatte, einer der populärsten Politiker. Die Zeitungen bezeichneten ihn als den bestangezogenen Gentleman und begehrenswertesten Junggesellen von Lagos. Obwohl er eindeutig die Dreißig überschritten hatte, wirkte er stets wie ein frischgebackener Schulabgänger. Er war eine große, athletische Erscheinung und hatte jederzeit ein strahlendes Lächeln bereit. Er ging durch die Halle zur Theke und kaufte eine Dose Churchman's. Währenddessen blickte Obi wie gebannt nach draußen auf die Straße, wo Clara bequem und lässig in dem De Soto saß. Er hatte sie nur einen flüchtigen Augenblick lang gesehen. Möglicherweise war es überhaupt nicht Clara. Der Minister kehrte zu seinem Wagen zurück, und als er die Tür öffnete, tauchte die Innenbeleuchtung die eleganten Polstersitze erneut in ein blasses Licht. Nun bestand kein Zweifel mehr. Es war Clara.

»Was hast du?«

»Ach, nichts. Ich kenne das Mädchen, mehr nicht.«

»Aus England?«

Obi nickte.

»Alter Schwerenöter, der läßt keine aus.«

Fünftes Kapitel

Obis Theorie, daß der Staatsdienst Nigerias so lange korrupt bleiben würde, bis die alten Afrikaner an der Spitze durch junge Männer aus den Universitäten ersetzt sein würden, war zum ersten Mal in einem Papier formuliert worden, das vor dem Nigerianischen Studentenbund in London verlesen wurde. Doch im Gegensatz zu den meisten von den Studenten in London aufgestellten Theorien überlebte diese den ersten Schock der Heimkehr. Tatsächlich machte Obi innerhalb des ersten Monats nach seiner Rückkehr die Bekanntschaft mit zwei klassischen Beispielen des »alten Afrikaners«.

Als Obi zu einem Vorstellungsgespräch vor den Besetzungsausschuß für den Staatsdienst geladen wurde, begegnete er dem ersten. Ehe ihn dieser Mann jedoch so ärgerte, daß Obi heftig wurde, hatte glücklicherweise sein Auftreten vor dem Ausschuß bereits einen sehr günstigen Eindruck hinterlassen.

Es ergab sich, daß der Ausschußvorsitzende, ein dicker, munterer Engländer, sehr an moderner Lyrik und dem modernen Roman interessiert war und sich mit großem Vergnügen darüber unterhielt. Die anderen vier Ausschußmitglieder – ein Europäer und drei Afrikaner –, denen dieser Aspekt des Lebens unbekannt war, ließen sich davon entsprechend beeindrucken. Oder vielleicht sollte man der Genauigkeit halber sagen, daß drei der Herren entsprechend beeindruckt waren, denn der vierte schlief während des ganzen Gesprächs. Diese Tatsache mag oberflächlich gesehen von geringer Bedeutung sein, wäre nicht dieser Gentleman der einzige Vertreter einer der drei Regionen Nigerias gewesen. (Im Interesse der nigerianischen Einheit soll diese Region ungenannt bleiben.)

Das Gespräch des Vorsitzenden mit Obi nahm fast eine

halbe Stunde in Anspruch und reichte von Graham Greene bis Amos Tutuola. Obi erzählte später, daß er eine Menge Unsinn geredet habe, aber es sei gescheiter und eindrucksvoller Unsinn gewesen. Er war von sich selbst überrascht, als er loslegte.

»Sie sagen, daß Sie sich zu den großen Bewunderern von Graham Greene zählen. Was halten Sie von dem Roman *Das Herz aller Dinge*?«

»Es ist der einzig vernünftige Roman, den je ein Europäer über Westafrika geschrieben hat, und einer der besten Romane überhaupt, die ich gelesen habe.« Obi schwieg einen Augenblick und fügte dann fast als Nachüberlegung hinzu: »Nur, der glückliche Ausgang ruiniert fast den gesamten Roman.«

Der Vorsitzende richtete sich auf.

»Glücklicher Ausgang? Sind Sie sicher, daß Sie *Das Herz aller Dinge* meinen? Der weiße Polizeibeamte begeht Selbstmord!«

»Vielleicht ist ›glücklicher Ausgang‹ ein zu starkes Wort, aber ich kann es leider nicht anders ausdrücken. Der Polizeibeamte ist zwischen seiner Liebe zu einer Frau und seiner Liebe zu Gott hin- und hergerissen. Deshalb nimmt er sich das Leben. Das ist viel zu einfach. Eine wirkliche Tragödie ist etwas anderes. Ich denke an einen alten Mann aus meinem Dorf, einen bekehrten Christen, dem ein Unheil nach dem anderen widerfuhr. Er sagte, das Leben gleiche einer Schale voll Wermut, an der man nippt und nippt bis ans Ende der Zeit. Er hatte das Wesen der Tragödie erkannt.«

»Sie denken also, Selbstmord mache eine Tragödie zunichte«, meinte der Vorsitzende.

»Ja. Die wirkliche Tragödie findet nie eine Lösung: Sie setzt sich ewig und hoffnungslos fort. Die konventionelle Tragödie macht es sich zu einfach. Der Held stirbt, und wir empfinden kathartische Reinigung. Die echte Tragödie spielt sich in einer abgelegenen Ecke ab, an einem unwirtlichen Ort, um W. H. Auden zu zitieren. Die Welt nimmt sie nicht wahr. Wie der Mann in *Eine Handvoll Staub*, der dem Mr. Todd Dickens vorliest. Für ihn gibt es keine Ablösung. Am Ende der Geschichte liest er noch immer. Dort gibt es keine Katharsis, weil wir nicht dabei sind.«

»Das ist alles hochinteressant«, sagte der Vorsitzende. Dann blickte er den Tisch entlang und wollte von den Ausschußmitgliedern wissen, ob sie noch weitere Fragen an Mr. Okonkwo hätten. Alle verneinten, außer dem Mann, der geschlafen hatte.

»Warum wollen Sie eine Anstellung im Staatsdienst? Damit Sie Schmiergelder kassieren können etwa?« fragte er.

Obi zögerte. Zuerst wollte er ihm entgegnen, seine Frage sei idiotisch. Statt dessen fragte er: »Ich weiß nicht, welche Antwort Sie von mir erwarten. Selbst wenn ich mich wegen der Schmiergelder bewerben würde, würden Sie von mir wohl nicht erwarten, es vor diesem Ausschuß zuzugeben. Deshalb ist dies meines Erachtens keine sehr sinnvolle Frage.«

»Mr. Okonkwo, es ist nicht Ihre Sache, hier zu entscheiden, was eine sinnvolle Frage ist und was nicht«, sagte der Vorsitzende und versuchte ziemlich erfolglos, ernst zu bleiben.

»Wie dem auch sei, Sie werden zu gegebener Zeit wieder von uns hören. Guten Morgen.«

Joseph war nicht sehr begeistert, als ihm Obi erzählte, wie das Vorstellungsgespräch verlaufen war. Seiner Meinung nach konnte es sich ein Mann, der eine Anstellung brauchte, nicht leisten, heftig zu werden.

»Unsinn!« sagte Obi. »So etwas ist für mich eine Frage kolonialer Mentalität.«

»Nenn es, wie du willst«, sagte Joseph in Ibo. »Du besitzt zwar mehr Bücherwissen als ich, aber ich bin älter und klüger. Laß dir eines sagen – ein Mann fordert seinen eigenen Schutzgott, seinen *Chi*, nicht zu einem Ringkampf heraus.«

Josephs Hausboy Mark brachte ihnen Reis und einen Topf voll Fleisch mit Soße, was sie sich sogleich schmecken ließen. Dann ging Mark hinüber auf die andere Straßenseite und holte zwei Flaschen eisgekühltes Wasser, das dort in einem Laden, die Flasche für einen Penny, verkauft wurde. Marks Augen waren ein wenig gerötet und tränten, weil er das Feuer angeblasen hatte, und auf dem ganzen Weg hin und zurück zierte schwarzer Ruß seine Nasenspitze.

»Weißt du, daß du dich in diesen vier Jahren ganz gehörig verändert hast?« bemerkte Obi, nachdem sie eine Weile schweigend gegessen hatten. »Früher gab es nur zwei Dinge, die dich interessierten – Politik und Frauen.«

Joseph lachte. »Man kann nicht mit leerem Magen Politik machen.«

»Einverstanden«, sagte Obi gutgelaunt. »Und was ist mit den Frauen? Zwei Tage bin ich nun schon hier und habe noch keine einzige gesehen.«

»Habe ich dir nicht erzählt, daß ich heiraten will?«

»Ja, und?«

»Wenn du einhundertdreißig Pfund Brautpreis bezahlt hast und dabei nur ein kleiner Angestellter bist, stehst du vor der Tatsache, daß für andere Frauen nichts mehr übrigbleibt.«

»Hast du wirklich hundertdreißig bezahlt? Und was ist mit dem Brautpreisgesetz?«

»Das hat nur den Preis hochgetrieben, sonst nichts.«

»Zu schade, daß meine drei älteren Schwestern so früh geheiratet haben – zu früh, um Geld daran zu verdienen. Wir werden uns bemühen, es mit den anderen wettzumachen.«

»Es ist überhaupt nicht zum Lachen«, sagte Joseph. »Warte nur ab, bis du selbst heiraten willst. Wenn sie rauskriegen, daß du Beamter bist, werden sie fünfhundert von dir verlangen.«

»Ich bin kein Beamter. Eben hast du mir klargemacht, daß ich die Stelle nicht bekommen werde, weil ich diesem

Dummkopf gesagt habe, was ich von ihm halte. Beamter hin oder her, ich werde keine fünfhundert Pfund für eine Frau bezahlen. Ich werde auch keine hundert bezahlen, nicht einmal fünfzig.«

»Das kann doch nicht dein Ernst sein«, sagte Joseph. »Es sei denn, du willst Priester werden!«

Obi nutzte die Zeit, die er auf das Ergebnis seines Vorstellungsgesprächs wartete, um seiner Heimatstadt Umuofia, in der Ost-Region Nigerias, vierhundert Meilen von Lagos entfernt, einen kurzen Besuch abzustatten. Die Reise selbst war nicht sehr abwechslungsreich. Er reiste in einem mit Sitzen versehenen Lastwagen, der den schönen Namen trug *In Gottes Hand – Einspruch nicht möglich*. Außerdem fuhr Obi erster Klasse – das heißt, er teilte sich den Vordersitz mit dem Fahrer und einer jungen Frau mit ihrem Baby. Die hinteren Plätze waren von Händlern belegt, die regelmäßig zwischen Lagos und dem berühmten Markt von Onitsha an den Ufern des Niger hin- und herreisten. Das Fahrzeug war so beladen, daß die Händler ihre Füße nicht einmal mehr auf den Boden stellen konnten. Sie hockten da, die Knie zum Kinn hochgezogen, die Füße auf dem Sitz, wie gebratene Hähnchen, doch das schien sie nicht zu stören. Sie vertrieben sich die Zeit mit lustigen und anzüglichen Liedern, die sich meistens an die jungen Frauen richteten, die lieber Krankenschwester oder Lehrerin anstatt Mutter geworden waren.

Der Fahrer des Wagens war ein sehr ruhiger Mann. Er kaute entweder Kolanüsse oder rauchte Zigaretten. Das Kola sollte ihn in der Nacht wach halten, denn die Reise begann am späten Nachmittag; man fuhr die ganze Nacht hindurch, um früh am anderen Morgen das Ziel zu erreichen. Von Zeit zu Zeit bat der Fahrer darum, ihm ein Streichholz für seine Zigarette anzuzünden. Nachdem er mit Schrecken gesehen hatte, wie der Mann mit den Ellbogen steuerte, während er nach einem Streichholz suchte, hatte sich Obi gleich zu Beginn der Reise zu diesem Dienst angeboten.

Vielleicht vierzig Meilen hinter Ibadan sagte der Fahrer plötzlich: »Sch... Polizei!« Obi bemerkte in ungefähr dreihundert Metern Entfernung zwei Polizisten, die den Wagen an den Straßenrand winkten.

»Deine Papiere?« sagte einer zu dem Fahrer. Jetzt erst bemerkte Obi, daß der Sitz, auf dem sie saßen, auch als eine Art Safe diente, in dem Geld und wichtige Dokumente aufbewahrt wurden. Der Fahrer forderte seine Passagiere auf auszusteigen. Dann schloß er die Kiste auf und holte ein Bündel Papiere hervor. Der Polizist prüfte sie kritisch. »Wo ist die Bescheinigung über die Straßentauglichkeit?« Der Fahrer zeigte ihm seine Bescheinigung.

Währenddessen machte sich der Begleiter des Fahrers an den anderen Polizisten heran. Aber gerade, als er ihm etwas in die Hand drücken wollte, schaute Obi zufällig in ihre Richtung. Der Polizist war nicht bereit, ein Risiko einzugehen, denn wer wußte schon, ob Obi nicht ein Mann vom C.I.D. – von der Kriminalpolizei – war. Entrüstet schickte er also den Mann weg: »Was willst du von mir? Verschwinde!« Inzwischen hatte der andere Polizist an den Autopapieren etwas auszusetzen gefunden; der Fahrer versuchte vergeblich, ihn durch Bitten und Flehen umzustimmen – er wurde aufgeschrieben. Schließlich fuhr er wieder los, oder zumindest schien es so, denn nach einer Viertelmeile hielt er von neuem an.

»Warum guckst du dem Mann ins Gesicht, wenn wir ihm zwei Shilling zustecken wollen?« fragte er Obi.

»Weil er von euch keine zwei Shilling nehmen darf.«

»Genau deshalb nehme ich euch Studierte nicht gern mit«, beklagte sich der Fahrer. »Du weißt zuviel, das ist dein Fehler. Warum steckst du deine Nase in Dinge, die dich nichts angehen? Jetzt knöpft mir der Polizist zehn Shilling ab.«

Erst einige Minuten später wurde Obi klar, warum sie angehalten hatten. Der Begleiter des Fahrers war zu den Polizisten zurückgerannt, wohl wissend, daß sie sich, ohne den peinlichen Blicken Fremder ausgesetzt zu sein, zugänglicher zeigen würden. Nach kurzer Zeit kehrte der Mann, schwer atmend vom schnellen Laufen, wieder zurück.

»Wieviel haben sie genommen?« fragte der Fahrer.

»Zehn Shilling«, keuchte sein Helfer.

»Siehst du, so geht das«, wandte sich der Fahrer an Obi, der sich bereits ein wenig schuldig zu fühlen begann, zumal all die Händler hinter ihm, sobald sie gehört hatten, was los war, ihre Pfeile nun nicht mehr auf Karriere-Mädchen abschossen, sondern auf »zu studierte« junge Männer. Bis zum Ende der Reise würdigte ihn der Fahrer keines weiteren Wortes mehr.

»Was für ein Augiasstall!« murmelte Obi. »Wo soll man beginnen? Bei den Massen? Die Massen erziehen?« Er schüttelte den Kopf. »Unmöglich. Das würde Jahrhunderte in Anspruch nehmen. Eine Handvoll Männer an der Spitze. Oder vielleicht sogar ein einziger Mann mit einer Vision – ein aufgeklärter Diktator? Heutzutage fürchten sich die Leute vor dem Wort ›Diktator‹. Aber welche Demokratie kann schon eine solche Korruption und Unwissenheit ertragen? Vielleicht gibt es einen Mittelweg – eine Art Kompromiß.« Als Obi mit seinen Überlegungen an diesem Punkt angelangt war, fiel ihm ein, daß noch vor nicht allzu langer Zeit England ebenso korrupt gewesen war. Er war nicht in der Stimmung, sich weiter solchen Überlegungen hinzugeben. Er wollte sich vielmehr unbedingt in einer angenehmeren Landschaft umsehen.

Die junge Frau an seiner Seite schlief nun, ihr Baby hielt sie fest an die Brust gedrückt. Sie reiste nach Benin. Mehr wußte Obi nicht über sie, da sie kaum ein Wort Englisch und er nicht Bini sprach. Er schloß die Augen und versuchte sich vorzustellen, sie wäre Clara. Ihre Knie berührten sich, doch es funktionierte nicht.

Warum bestand Clara darauf, daß er seiner Familie noch nichts von ihr erzählen dürfe! Könnte es sein, daß sie doch noch nicht endgültig entschlossen war, ihn zu heiraten? Das war kaum möglich. Ebensosehr wie Obi war ihr an einer offiziellen Verlobung gelegen; sie war nur der Meinung gewesen, er dürfe sich nicht in Schulden stürzen und einen Ring kaufen, ehe er nicht eine feste Anstellung habe. Vielleicht wollte sie auch zuerst ihrer eigenen Familie Bescheid sagen. Doch selbst wenn dies zuträfe, warum all die Geheimnistuerei? Warum hatte sie nicht einfach gesagt, sie werde sich mit ihrer Familie beraten? Möglicherweise war sie gar nicht so aufrichtig, wie er immer angenommen hatte, und ließ ihn im ungewissen, um ihn dadurch noch stärker an sich zu binden. Obi prüfte eine Möglichkeit nach der anderen, um sie sofort wieder zu verwerfen.

Mit fortschreitender Nacht wurde der Fahrtwind zuerst angenehm kühl und erfrischend, später kalt. Der Fahrer zog eine schmutzige braune Stoffmütze aus dem Haufen alter Kleidungsstücke, auf denen er saß, und stülpte sie sich über den Kopf. Die junge Frau aus Benin band sich ihr Kopftuch fester über die Ohren. Obi hatte eine alte Sportjacke mitgenommen, die er sich in seinem ersten Jahr in England gekauft hatte. Bis jetzt hatte sie ihm gute Dienste geleistet und der Holzlehne etwas von ihrer Härte genommen. Nun warf er sie sich über Schultern und Rücken. Trotzdem waren nur Beine und Füße angenehm warm. Die kalte Luft draußen hatte die anfänglich etwas unangenehme Hitze des Motors gemildert; nun umstrich sie sanft Obis Füße.

Langsam wurde Obi schläfrig, und seine Gedanken kreisten mehr und mehr um Erotisches. Er dachte an Worte, die er, auch wenn er alleine war, nicht laut aussprechen konnte. Seltsamerweise fielen ihm diese Worte alle in seiner Muttersprache ein. Auf englisch konnte er jedes Wort sagen, egal, wie schmutzig es war; doch einige Ausdrücke in Ibo brachte er einfach nicht über die Lippen. Ohne Zweifel übte seine frühe Erziehung diese Zensur aus und ließ englische Ausdrücke, die er erst zu einem späteren Zeitpunkt in seinem Leben gelernt hatte, passieren.

Obi blieb in diesem Dämmerzustand, bis der Fahrer plötzlich an den Straßenrand fuhr, anhielt, sich die Augen rieb und allen mitteilte, daß er sich ein- oder zweimal beim Schlafen ertappt habe. Natürlich zeigte sich jedermann darüber äußerst besorgt, und man versuchte, ihm in jeder Weise behilflich zu sein.

»Hast du keine Kolanuß zum Kauen?« fragte einer der Händler von hinten.

»Was glaubst du, was ich den ganzen Nachmittag gegessen habe?« fragte der Fahrer. »Ich verstehe diese Schlaferei überhaupt nicht. Es stimmt ja, letzte Nacht habe ich nicht geschlafen, aber das war nicht das erste Mal.« Man kam überein, daß Schlaf ein höchst unberechenbares Phänomen sei.

Nachdem dieses Thema ein paar Minuten lang die allgemeine Unterhaltung bestimmt hatte, machte sich der Fahrer erneut mit Entschlossenheit und dem Versprechen auf den Weg, sein möglichstes zu tun, damit ihm dergleichen nicht noch einmal widerfahre. Obis Schläfrigkeit hatte sich in dem Augenblick verflüchtigt, als der Fahrer angehalten hatte. Sein Kopf war plötzlich völlig klar, so, als wäre eben die Sonne aufgegangen und hätte den Tau, der sich auf ihn gelegt hatte, getrocknet.

Die Händler fingen erneut zu singen an, diesmal war nichts Anzügliches dabei. Obi kannte den Refrain des Liedes, und als er versuchte, ihn ins Englische zu übertragen, wurde ihm zum ersten Mal die wirkliche Bedeutung des Verses bewußt.

Ein Vetter besuchte seinen Gevatter
Oyiemu-o
Der Gevatter legte Hand an den Vetter und brachte ihn um
Oyiemu-o
Bring mir ein Boot, gib mir ein Paddel
Oyiemu-o
Das Paddel spricht Englisch
Oyiemu-o.

Auf den ersten Blick schien das Lied keine Logik und Bedeutung zu haben. Doch als Obi begann, die Worte hin und her zu wenden, erstaunte ihn der Assoziationsreichtum, den er selbst in einem so mittelmäßigen Lied vorfand. Da war zuallererst die unerhörte Tat, daß ein Mann Hand an einen angeheirateten Verwandten legte und ihn tötete. Für einen Ibo bedeutete dies den höchsten Verrat. Sagten nicht die Alten Männer, ein angeheirateter Verwandter sei das *Chi* eines Mannes – sein persönlicher Schutzgott? Dem gegenübergestellt war ein weiterer schwerwiegender Verrat – ein Paddel beginnt plötzlich in einer Sprache zu reden, die sein Meister, der Fischer, nicht versteht. Kurz zusammengefaßt, so dachte Obi, war der Hauptgedanke des Liedes ›die auf den Kopf gestellte Welt‹. Er war mit seiner Auslegung sehr zufrieden und begann, in seinem Gedächtnis nach anderen Liedern zu kramen, die er in gleicher Weise bearbeiten könnte. Doch die Händler sangen ihr Lied nun so laut und deftig, daß er sich nicht mehr konzentrieren konnte.

Heutzutage ist eine Reise nach England ebenso selbstverständlich geworden wie der alltägliche Gang hinunter zum Fluß im Dorf. Doch vor fünf Jahren war das noch anders. Obis Rückkehr ins Dorf wurde fast wie ein Volksfest gefeiert. Ein »Luxuswagen« erwartete ihn in Onitsha, um ihn in angemessener Weise die fünfzig Meilen nach Umuofia zu geleiten. Doch bevor sich der Wagen auf den Weg machte, hatte Obi noch ein paar Minuten Zeit, sich auf dem großartigen Markt von Onitsha umzusehen.

Als erstes nahm ein offener Jeep seine Aufmerksamkeit in Anspruch; aus zwei Lautsprechern tönte laute, einheimische Musik. Zwei Männer begleiteten die Musik mit rhythmischen Bewegungen, und ein großer Teil der vielen Menschen, die den Wagen umstanden, tat es ihnen nach. Als Obi sich überlegte, was das alles zu bedeuten habe, hörte die Musik unvermittelt auf. Einer der Männer hielt eine Flasche hoch, damit alle sie sehen konnten. In dieser Flasche sei ein »Lebenselixier«, sagte er und begann, seiner Zuhörerschaft alle Vorteile dieser Flüssigkeit aufzuzählen. Er pries nur einige Vorteile, denn all ihre wunderbaren Eigenschaften anzuführen war schlicht unmöglich. Der andere Mann holte einen Packen Flugblätter und verteilte sie an die Leute, von denen wohl die meisten weder lesen noch schreiben konnten. »Dieses Papier wird euch alles über das ›Lebenselixier‹ sagen«, kündigte er an, und dies wurde auch nicht bezweifelt – stand etwas auf Papier, dann mußte es auch wahr sein. Obi beschaffte sich einen der Zettel und las die Liste der mit dem »Lebenselixier« zu behandelnden Krankheiten. Die ersten drei waren: »Rheumatismus, Gelbfieber, Hundebiß ...«

Auf der anderen Straßenseite, nahe am Wasser, saßen Frauen in einer Reihe und verkauften *garri* aus großen, weißen Emailleschüsseln. Ein Bettler tauchte auf. Er mußte den Leuten wohlbekannt sein, denn viele riefen ihn mit Namen. Vielleicht war er auch ein wenig wirr im Kopf. Er hieß One Way. Auch er hatte eine Emailleschüssel und begann, die Reihe der Frauen abzuklappern, worauf diese leere Zigarettendosen nahmen und einen Rhythmus darauf schlugen. One Way tanzte die Reihe entlang und erhielt von einer nach der anderen eine Handvoll *garri* für seine Schüssel. Als er am Ende der Reihe angelangt war, hatte er genug *garri* für zwei kräftige Mahlzeiten.

An der Straße Umuofia–Onitsha hatten sich schon zwei Meilen vor der Stadt Musikgruppen aufgestellt, die Obis Ankunft erwarteten. Abgesehen von der Blaskapelle der C. M. S.-Missionsschule waren mindestens fünf verschiedene Gruppen erschienen. Es hatte den Anschein, als feiere das ganze Dorf ein Fest. Besonders die älteren Leute, die sich nicht an der Straße aufgestellt hatten, trafen bereits in Scharen auf dem Anwesen von Mr. Okonkwo ein.

Das einzig Unangenehme war, daß es möglicherweise regnen würde. Ja, viele wünschten sich den Regen beinahe herbei, damit Isaac Okonkwo endlich einsehen würde, daß ihn das Christentum blind gemacht hatte. Er hatte als einziger nicht begriffen, daß man anläßlich eines solchen Ereignisses den Obersten Regenmacher mit Palmwein, einem Hahn und ein wenig Geld aufsuchen mußte.

»Er ist ja nicht der einzige Christ, den wir kennen«, sagte einer der Männer. »Aber es ist wie mit dem Palmwein, den wir trinken. Einige können ihn trinken und bleiben klug dabei. Andere verlieren dabei den Verstand.«

»Sehr wahr, sehr wahr«, pflichtete ihm ein anderer bei. »Wenn ein neues Sprichwort ins Land der Dummen kommt, verlieren sie den Kopf darüber.«

Zur selben Zeit stritten sich Isaac Okonkwo und einer der alten Männer, der zum Feiern gekommen war, über das Regenmachen. »Willst du mir vielleicht auch noch weismachen, daß es unmöglich ist, daß einige Männer ihren Feinden den Donner schicken?« fragte der alte Mann.

Mr. Okonkwo gab ihm zurück, wer so etwas glaube, der habe die Dummheit doppelt gefressen, der gleiche dem Mann, der den eigenen Kopf in den Kochtopf steckt.

»Das Unheil, das der Satan in unserer Welt angerichtet hat, ist wahrlich groß«, sagte er. »Denn nur er kann den Menschen derart schandbare Gedanken in den Kopf setzen.«

Der alte Mann wartete geduldig, bis Isaac Okonkwo zu

Ende geredet hatte, und erwiderte dann: »Du bist doch nicht fremd hier in Umuofia. Du weißt, daß unsere Alten Männer sagen, daß der Donner weder Söhne noch Töchter Umuofias töten kann. Kennst du irgend jemand, sei es jetzt oder in der Vergangenheit, der auf diese Weise den Tod gefunden hat?«

Okonkwo mußte zugeben, daß ihm kein derartiger Fall bekannt war. »Doch das ist das Werk Gottes«, sagte er.

»Es ist das Werk unserer Vorväter«, gab ihm der alte Mann zurück. »Sie schufen einen machtvollen Zauber, um sich vor dem Donner zu schützen – und nicht nur sich selbst, sondern auch alle ihre Nachfahren für alle Zeiten.«

»Das stimmt«, sagte ein anderer Mann. »Jeder Versuch, dies zu leugnen, ist vergebens. Wer es tut, soll Nwokeke fragen, den im letzten Jahr der Donner traf. Sein ganzer Körper schälte sich wie eine Schlange, die ihre Haut abwirft. Aber er wurde nicht getötet.«

»Warum wurde er denn überhaupt getroffen?« fragte Okonkwo. »Der Donner hätte ihn ja gar nicht treffen dürfen!«

»Das ist eine Angelegenheit zwischen Nwokeke und seinem *Chi*. Aber wichtig ist, daß er in Mbaino vom Donner getroffen wurde und nicht zu Hause. Als ihn der Donner in Mbaino sah, hielt er ihn vielleicht zuerst für einen Mann aus Mbaino.«

Vier Jahre England hatten in Obi die Sehnsucht geweckt, nach Umuofia zurückzukehren. Dieses Gefühl war manchmal so stark, daß er sich zuweilen schämte, für seinen Universitätsabschluß Englisch zu studieren. Wann immer sich die Gelegenheit bot, sprach er Ibo. Nichts bereitete ihm größeres Vergnügen, als in einem Londoner Bus einem ebenfalls Ibo sprechenden Studenten zu begegnen. Wenn er jedoch mit einem nigerianischen Studenten aus einer anderen Volksgruppe Englisch sprechen mußte, senkte er die

Stimme. Es war demütigend, sich mit einem Landsmann in einer fremden Sprache unterhalten zu müssen, besonders in Gegenwart der stolzen Besitzer jener Sprache. Sie nahmen selbstverständlich an, daß man keine eigene Sprache besaß. Er wünschte sich sehr, sie wären heute hier. Kämen sie doch heute nach Umuofia und hörten den Männern zu, wie sie die große Kunst der Unterhaltung pflegten. Kämen sie doch und erlebten Männer und Frauen und Kinder, die zu leben wußten, deren Lebensfreude noch nicht von denen getötet worden war, die für sich in Anspruch nehmen, andere Nationen zu lehren, wie sie zu leben hätten.

Hunderte von Menschen waren zu Obis Empfang gekommen. Das gesamte Lehrerkollegium und alle Schüler der C. M. S.-Hauptschule von Umuofia waren anwesend, und ihre Blaskapelle hatte soeben »Old Calabar« gespielt. Sie hatten auch ein altes Kirchenlied gespielt, das die protestantischen Kinder damals, als Obi noch zur Schule ging, mit antikatholischen Versen versehen besonders am *Empire-Day* gesungen hatten, an dem die alljährlichen Sportwettkämpfe zwischen Protestanten und Katholiken ausgetragen wurden.

Otasili osukwu Onyenkuzi Fada
E misisi yarliawo-o.

Auf englisch heißt das:

Katholikenlehrer
Palmfruchtesser
Seine Alte Krötenfresser.

Nach den ersten vierhundertmal Händeschütteln und den ersten hundert Umarmungen gelang es Obi, sich eine Weile zu den älteren Verwandten seines Vaters in den großen Wohnraum zu setzen. Es gab nicht genug Stühle für alle, weshalb sich viele auf ihre Ziegenfelle setzten, die sie auf dem Fußboden ausgebreitet hatten. Es machte auch keinen

Unterschied, ob man nun auf einem Stuhl oder auf dem Boden saß, denn selbst jene, die einen Stuhl hatten, breiteten zuerst ihre Ziegenfelle darüber, ehe sie sich setzten.

»Der Weg ins Land des Weißen Mannes muß doch wirklich sehr weit sein«, begann einer der Männer. Jedermann wußte, daß er sehr weit war, aber sie wollten es noch einmal aus dem Munde ihres jungen Verwandten hören.

»So weit, daß man es überhaupt nicht beschreiben kann«, sagte Obi. »Das Schiff des Weißen Mannes brauchte sechzehn Tage – vier Marktwochen – für die Reise.«

»Stell dir das vor«, sagte einer der Männer zu seinem Nachbarn. »Vier Marktwochen. Und das nicht in einem Kanu, sondern in einem Schiff des Weißen Mannes, das auf dem Wasser läuft wie eine Schlange im Gras.«

»Manchmal sieht man eine ganze Marktwoche lang kein Land«, sagte Obi. »Kein Land, weder vorne noch hinten, weder rechts noch links. Nur Wasser.«

»Stellt auch das vor«, rief der Mann. »Kein Land eine ganze Marktwoche lang! In den Geschichten unseres Volkes erzählt man sich, ein Mann käme ins Land der Geister, wenn er sieben Flüsse überquert, sieben Wälder durchwandert und sieben Hügel erstiegen hätte. Ganz bestimmt hast du das Land der Geister besucht.«

»Ja, mein Kind, du bist wirklich dort gewesen«, sagte ein anderer alter Mann. »Azik«, rief er und meinte damit Isaac, »bring uns eine Kolanuß, damit wir sie als Dank für die Rückkehr dieses Kindes brechen.«

»Du bist hier in einem christlichen Haus«, erwiderte Obis Vater.

»In einem christlichen Haus, in dem man keine Kolanuß ißt?« spottete der Mann.

»Kolanüsse werden hier schon gegessen«, erwiderte Mr. Okonkwo, »doch nicht den Götzen geopfert.«

»Wer spricht denn von opfern? Hier ist ein kleines Kind, das aus dem Kampf in der Geisterwelt zurückgekehrt ist, und du sitzt da und willst uns was über ›christliches Haus‹ und ›Götzen‹ erzählen. Du redest wie ein Mann, dem der Palmwein durch die Nase in den Kopf gestiegen ist.« Angewidert zischte er durch die Zähne, raffte sein Ziegenfell zusammen und verließ den Raum, um sich draußen niederzulassen.

»Heute ist kein Tag zum Streiten«, sagte ein anderer Mann. »Ich hole eine Kolanuß.« Er nahm seine Ziegenledertasche, die er über die Stuhllehne gehängt hatte, zur Hand und begann, ihre Tiefe zu ergründen. Während er suchte, hörte man die Gegenstände in der Tasche aneinanderschlagen – sein Trinkhorn, sein Fläschchen mit Schnupftabak und einen Löffel. »Und wir werden sie brechen, wie die Christen es tun«, sagte er und brachte eine Kolanuß zum Vorschein.

»Bemühe dich nicht weiter, Ogbuefi Odogwu«, wandte sich Okonkwo an ihn. »Ich weigere mich keineswegs, euch eine Kolanuß anzubieten. Nur, das Brechen der Kolanuß darf in diesem Haus nicht zum heidnischen Opfer werden. Das laßt euch gesagt sein.« Er ging in ein Nebenzimmer und kehrte kurz darauf mit drei Kolanüssen auf einer Untertasse zurück. Ogbuefi Odogwu bestand darauf, seine Kolanuß den dreien hinzuzufügen.

»Obi, zeig die Kolanüsse herum«, sagte sein Vater. Als jüngster Mann im Raum war Obi bereits aufgestanden, um der Anweisung seines Vaters nachzukommen. Nachdem alle einen Blick auf die Nüsse geworfen hatten, stellte er die Untertasse vor Ogbuefi Odogwu als dem Ältesten nieder. Dieser war selbst nicht Christ, doch er wußte einiges über das Christentum. Wie so viele andere in Umuofia ging auch er einmal im Jahr, am Erntedankfest, zur Kirche. Das einzige, was er am christlichen Gottesdienst auszusetzen hatte, war, daß die Gemeinde nicht das Recht besaß, auf die Predigt zu antworten. Er verstand, was gemeint war, wenn es im Gottesdienst hieß: Wie es war im Anfang, jetzt und immerdar, und von Ewigkeit zu Ewigkeit. Das gefiel ihm besonders.

»So, wie ein Mann in diese Welt kommt«, sagte er oft, »so wird er sie auch wieder verlassen. Stirbt ein Mann, der zu Lebzeiten viele Titel erworben hat, so werden ihm die Fußringe seiner Titel durchgeschnitten, damit er so zurückkehrt, wie er gekommen ist. Die Christen haben recht, wenn sie sagen, so wie es im Anfang war, so wird es auch am Ende sein.«

Er nahm die Untertasse und stellte sie auf seinen hochgezogenen Knien wie auf einem Tisch ab. Die Handflächen nach oben gekehrt, hob er beide Hände und sagte: »Segne diese Kolanuß, damit sie unseren Körper stärken möge, wenn wir sie zu uns nehmen. Im Namen Jesu Christi; wie es war im Anfang, so wird es auch am Ende sein. Amen.« Alle erwiderten das Amen und spendeten dem alten Odogwu viel Beifall für diese gelungene Handlung. Selbst Okonkwo konnte nicht umhin, in den Beifall einzustimmen.

»Du solltest Christ werden«, schlug er vor.

»Ja, wenn du mich zum Pastor machen willst!« antwortete ihm Odogwu.

Alle lachten. Dann wandte sich die Unterhaltung wieder Obi zu. Matthew Ogbonna, der früher einmal Schreiner in Onitsha gewesen und deshalb ein Mann von Welt war, bemerkte, man müsse Gott danken, daß Obi keine weiße Frau nach Hause gebracht habe.

»Eine weiße Frau?« fragte einer. Ihm schien das doch ein sehr abwegiger Gedanke zu sein.

»Ja. Ich habe es mit eigenen Augen gesehen«, antwortete Matthew.

»Ja«, sagte Obi, »viele schwarze Männer, die in das Land des Weißen Mannes gehen, heiraten dort deren Frauen.«

»Hast du es jetzt begriffen?« fragte Matthew. »Ich sag dir doch, ich habe es mit eigenen Augen in Onitsha gesehen. Die Frau hatte sogar zwei Kinder. Aber was geschah? Sie hat diese Kinder einfach verlassen und ging in ihr Land zurück. Deshalb sage ich, ein schwarzer Mann, der eine weiße Frau heiratet, verschwendet seine Zeit. Sie bleibt nicht bei ihrem Mann, so wie auch der Mond nicht am Himmel bleibt. Wenn ihre Zeit gekommen ist, geht sie.«

»Das stimmt«, sagte ein anderer Mann, der auch gereist war. »Daß sie wieder weggeht, ist nicht so schlimm. Viel schlimmer ist, daß sie, solange sie da ist, den Mann dazu bringt, seiner Verwandtschaft den Rücken zu kehren.«

»Ich bin sehr froh, daß du sicher nach Hause zurückgekehrt bist«, sagte Matthew zu Obi.

»Er ist ein echter Sohn Iguedos«, sagte der alte Odogwu. »Neun Dörfer gehören zu Umuofia, doch Iguedo bleibt Iguedo. Wir haben unsere Fehler, doch wir sind keine Hohlköpfe, die weiß werden, wenn sie weiß sehen, und schwarz werden, wenn sie schwarz sehen.«

Obis Herz glühte vor Stolz.

»Er ist der Enkelsohn von Ogbuefi Okonkwo, der ganz alleine dem Weißen Mann entgegentrat und im Kampf starb. Steh auf!«

Gehorsam stand Obi auf.

»Seht ihn euch an«, sagte Odogwu. »Das ist Ogbuefi Okonkwo – er ist zurückgekehrt. Es ist Okonkwo, *kpomkwem* – perfekt und haargenau.«

Peinlich berührt räusperte sich Obis Vater. »Tote Männer kehren nicht zurück«, sagte er.

»Laß dir gesagt sein, dies ist Okonkwo. Wie es war im Anfang, so wird es am Ende sein – das lehrt uns deine Religion.«

»Aber sie lehrt nicht, daß tote Männer zurückkehren.«

»Iguedo bringt große Männer hervor«, wechselte Odogwu das Thema. »Als ich jung war, kannte ich Okonkwo, Ezeudu, Obierika, Okolo, Nwosu.« Sein rechter Zeigefinger zählte sie an der linken Hand ab. »Und viele andere, so viele wie Sand am Meer. Wir haben von ihren Vorfahren gehört, von Männern wie Ndu, Nwosisi, Ikedi, Obika und seinem Bruder Iweka – alle waren sie Helden. Für ihre Zeit waren sie groß. Heute klingt die Melodie anders. Erworbene Titel zeugen nicht mehr von Größe, auch nicht gefüllte Scheunen oder eine große Zahl von Ehefrauen und Kindern. Die Dinge des Weißen Mannes zeugen heute von Größe. Und so haben auch wir eine andere Melodie angestimmt. Von allen neun Dörfern sind wir die ersten, die ihren Sohn in das Land des Weißen Mannes geschickt haben. Schon von alters her war Iguedo zu Großem bestimmt. Größe wird nicht von Menschen gemacht. Man kann sie nicht wie Yamswurzeln oder Mais anpflanzen. Hat jemals ein Mensch einen Iroko-Baum gepflanzt – den größten Baum des Waldes? Man mag alle Iroko-Samen der Welt sammeln, die Erde aufbrechen und die Samen hineinlegen – es wird vergeblich sein. Der große Baum entscheidet selbst, wo er wachsen will, und dort finden wir ihn. So ist es auch mit der Größe bei den Menschen.«

Sechstes Kapitel

Obis Heimkehr erwies sich schließlich doch nicht als das glückliche Ereignis, von dem er geträumt hatte. Der Grund dafür war seine Mutter. In den vergangenen vier Jahren war sie so alt und hinfällig geworden, daß er es kaum glauben konnte. Er hatte wohl gehört, daß sie immer wieder längere Zeit krank gewesen war, doch ganz so schlimm hatte er es sich nicht vorgestellt. Und nun, nachdem alle Besucher gegangen waren, kam sie, schlang ihre Arme um seinen Hals und drückte ihn an sich – da stiegen ihm zum zweiten Mal die Tränen in die Augen. Von nun an trug er die Traurigkeit wie ein steinernes Halsband.

Auch sein Vater war nur noch Haut und Knochen, obwohl er lange nicht so schlecht aussah wie die Mutter. Es war eindeutig, daß sie unter Nahrungsmangel litten. Wie unerhört und schändlich war es, dachte Obi, daß sein Vater nach fast dreißigjähriger Dienstzeit bei der Kirche eine Pension von zwei Pfund im Monat bezog. Davon floß ein beträchtlicher Teil in Form von Schulgeldern und anderen Beiträgen an die Kirche zurück. Die beiden jüngsten Kinder gingen noch zur Schule, und für jedes mußten Schulgeld und Kirchenbeiträge aufgebracht werden.

Obi und sein Vater blieben noch lange auf, nachdem alle anderen zu Bett gegangen waren. Sie saßen in dem rechteckigen Zimmer, das eine große Eingangstür und außerdem zwei Fenster nach draußen, zum Dorf hin, hatte. In den christlichen Häusern nannte man dieses Zimmer *pieze*. Um dem unablässigen Strom von Nachbarn Einhalt zu gebieten, die zum Teil schon zum vierten Mal gekommen waren, um Obi zu begrüßen, waren Tür und Fenster nun geschlossen.

Neben dem Stuhl, auf dem Obis Vater saß, stand eine Petroleumlampe. Es war seine Lampe. Den Zylinder wusch er stets eigenhändig – diese Arbeit vertraute er niemand anderem an. Die Lampe selbst war viel älter als Obi.

Die Wände des *pieze* hatten erst kürzlich einen neuen Kalkanstrich bekommen. Obi hatte bis jetzt noch keine Zeit gefunden, um solche liebevollen Beweise der Hochschätzung aufzunehmen. Auch der Fußboden war neu gestrichen worden; doch die unzähligen Füße, die an jenem Tag darüber gegangen waren, ließen bereits einen neuen Anstrich mit roter Erde und Wasser notwendig erscheinen.

Obis Vater brach schließlich das Schweigen.

»Herr, nun lässest du deinen Diener in Frieden fahren, wie du gesagt hast.«

»Was soll das, Vater?« fragte Obi.

»Manchmal hatte ich Angst, deine Heimkehr nicht mehr zu erleben.«

»Warum? Du erscheinst mir so gesund wie eh und je.«

Obis Vater ignorierte das fadenscheinige Kompliment und hing seinen eigenen Gedanken nach. »Morgen gehen wir alle gemeinsam zur Kirche. Wir haben mit dem Pastor vereinbart, daß es ein besonderer Gottesdienst für dich sein soll.«

»Aber ist das denn notwendig, Vater? Genügt es nicht, wenn wir hier zusammen beten, so wie heute abend?«

»Es ist notwendig«, antwortete Obis Vater. »Es ist gut, zu Hause zu beten, aber noch besser ist es, in Gottes Haus zu beten.«

Obi dachte: »Was würde passieren, wenn ich jetzt aufstünde und zu ihm sagte: ›Vater, ich glaube nicht mehr an deinen Gott?‹« Er wußte, daß er dies unmöglich tun konnte, doch hätte er gerne gewußt, was geschehen würde, wenn er es doch täte. Solche Gedanken hatte er oft. Erst vor einigen Wochen, noch in London, hatte er überlegt, was geschehen wäre, wenn er bei dem Vortrag, den ein glattzüngiger Abgeordneter vor afrikanischen Studenten zum Thema der Zentralafrikanischen Föderation hielt, aufgestanden wäre und gerufen hätte: »Raus hier, ihr seid nichts als verdammte Heuchler!« Der Vergleich stimmte jedoch nicht ganz. Sein Vater glaubte inbrünstig an Gott; der glattzüngige Abgeordnete war in der Tat nur ein verdammter Heuchler.

»Konntest du dort in deiner Bibel lesen?«

Obi mußte mit einer Lüge antworten. Zuweilen war eine Lüge barmherziger als die Wahrheit. Obi wußte, warum ihm diese Frage gestellt wurde. Er hatte beim Abendgebet seine Verse allzu stockend gelesen.

»Manchmal«, erwiderte er, »aber die Bibel war in englischer Sprache.«

»Ja«, sagte sein Vater. »Ich verstehe.«

Es entstand eine lange Pause, in der sich Obi beschämt daran erinnerte, wie er als Kind beim Vorlesen durch seine Bibelabschnitte gestolpert war. Einmal hatte er im ersten Vers das Wort *ugwu* so ausgesprochen, daß es *Berg* hieß, anstatt *Beschneidung*. Sofort korrigierten ihn vier oder fünf Stimmen gleichzeitig. Als erste hatte es ausgerechnet seine jüngste Schwester Eunice gemerkt, die damals elf Jahre alt und in der vierten Klasse war.

Die ganze Familie pflegte sich um den riesigen Tisch im Wohnzimmer zu versammeln – mitten auf dem Tisch stand die alte Lampe. Neun Personen waren sie alle zusammen – Vater, Bruder, sechs Schwestern und Obi. Jedesmal, wenn der Vater aus der *Scripture Union Card* – dem Bibellesezettel – die Bibelstelle für den betreffenden Tag vorlas, war Obi selbst davon überrascht, wie mühelos er die betreffende Stelle in der Bibel, die er mit Eunice teilte, finden konnte. Danach wurde ein Gebet gesprochen mit der Bitte um offene Augen und Ohren, dann begann das Vorlesen. Jeder las der Reihe nach einen Vers.

Obis Mutter saß derweilen im Hintergrund auf einem niedrigen Hocker. Die vier kleinen Kinder ihrer verheirateten Töchter lagen auf einer Matte neben dem Hocker. Die

Mutter konnte sehr wohl lesen, doch sie nahm nie an der gemeinsamen Lektüre der Familie teil. Sie hörte nur ihrem Mann und ihren Kindern zu. So war es immer gewesen, solange sich die Kinder erinnern konnten. Sie war eine sehr fromme Frau, doch Obi hatte sich schon immer gefragt, ob sie nicht lieber – wäre ihr die Entscheidung überlassen gewesen – den Kindern die Geschichten ihres Volkes erzählt hätte, die sie von ihrer eigenen Mutter gehört hatte. Ihrer ältesten Tochter hatte sie tatsächlich noch Geschichten erzählt, doch das war lange bevor Obi geboren wurde. Danach hatte sie keine Geschichten mehr erzählt, denn ihr Mann hatte es ihr verboten.

»Wir sind keine Heiden«, hatte er gesagt. »Menschen, die zur Kirche gehören, wollen mit solchen Geschichten nichts zu tun haben.«

Und Hannah hatte aufgehört, den Kindern die Geschichten ihres Volkes zu erzählen. Loyalität band sie an ihren Mann und an ihren neuen Glauben. Hannahs Mutter war nach dem Tod ihres Mannes mit ihren Kindern der Kirche beigetreten. Hannah war also schon erwachsen gewesen, als sie aufhörten, »Menschen des Nichts« zu sein, und zu »Menschen der Kirche« wurden. So groß war das Selbstvertrauen der frühen Christen, daß sie die anderen »Menschen des Nichts« nannten oder zuweilen auch »Menschen der Welt«, wenn sie etwas barmherziger gestimmt waren.

Isaac Okonkwo war nicht nur Christ, sondern außerdem auch Religionslehrer. In den ersten Jahren ihres gemeinsamen Lebens hatte er Hannah die große Verantwortung klargemacht, die ihr als Frau eines Religionslehrers auferlegt war. Und sobald sie wußte, was von ihr erwartet wurde, verhielt sie sich entsprechend; bisweilen zeigte sie sogar mehr Eifer als ihr Mann. Sie erzog ihre Kinder dazu, kein Essen anzunehmen, das ihnen in den Häusern der Nachbarn angeboten wurde, denn, so sagte sie, diese Leute weihten ihre Nahrung den Göttern. Allein diese Tatsache sonderte ihre

Kinder von allen anderen ab, denn bei den Ibo war es Sitte, daß die Kinder essen durften, wo immer sie wollten. Eines Tages bot eine Nachbarin Obi, der damals vier Jahre alt war, ein Stück Yamswurzel an. Wie seine älteren und klügeren Schwestern schüttelte er den Kopf und sagte dann: »Wir essen kein heidnisches Essen.« Zu spät versuchte seine Schwester Janet, ihm die Hand auf den Mund zu legen.

Doch dieser Kreuzzug erlitt gelegentlich Rückschläge. Ein solcher Rückschlag ereignete sich ein oder zwei Jahre später, als Obi schon die Schule besuchte. Es gab ein Unterrichtsfach, das er zugleich liebte und fürchtete. Das Fach hieß »Erzählen«. In dieser Stunde rief der Lehrer einen beliebigen Schüler auf, der Klasse eine Geschichte zu erzählen. Obi liebte diese Geschichten, aber er selbst wußte keine einzige. Eines Tages war er dran, und er sollte sich vor die Klasse stellen und eine Geschichte erzählen. Als er aufstand und nach vorne ging, zitterte er.

»Olulu ofu oge«, begann er, so wie von alters her alle Geschichten beginnen, aber weiter kam er nicht. Seine Lippen zitterten, doch sie brachten kein weiteres Wort hervor. Ein großes Hohngelächter brach in der Klasse aus, und Tränen füllten Obis Augen und rollten ihm über die Wangen, als er zu seinem Platz zurückging.

Als er nach Hause kam, erzählte er seiner Mutter sofort alles. Er solle sich ein wenig gedulden, sagte sie, bis der Vater zum Abendgebet weggegangen sei.

Einige Wochen später wurde Obi wieder aufgerufen. Mutig stellte er sich vor die Klasse und erzählte eine der neuen Geschichten, die ihm seine Mutter erzählt hatte. Den Schluß der Geschichte malte er sogar noch ein bißchen aus, worüber alle lachten. Es war die Geschichte von der bösen Leopardenfrau, die vorhatte, die Lämmer ihrer alten Freundin, der Schafsmutter, aufzufressen. Als sie erfuhr, daß die Schafsmutter zum Markt gegangen war, begab sie sich in deren Hütte und begann, nach den jungen Lämmchen zu suchen. Sie wußte nicht, daß die Mutter sie in einigen herumliegenden Palmnüssen versteckt hatte. Schließlich gab sie die Suche auf und holte sich zwei Steine, um wenigstens ein paar Palmnüsse aufzuknacken und sich an den Kernen satt zu essen, ehe sie sich wieder auf den Heimweg machte, denn sie war sehr, sehr hungrig. Als sie die erste Nuß geknackt hatte, flog der Kern in den Busch. So etwas war ihr noch nie vorgekommen. Auch der zweite Kern flog in den Busch, und der dritte und älteste flog nicht nur in den Busch, sondern ehe er das tat, schlug er, in Obis Erzählung, der Leopardenfrau ins Gesicht.

»Du kannst nur vier Tage bei uns bleiben, hast du gesagt?«

»Ja«, antwortete Obi. »Aber ich will alles dransetzen, daß ich nächstes Jahr wiederkomme. Ich muß jetzt in Lagos sein und mich um meine Anstellung kümmern.«

»Ja«, sagte sein Vater langsam. »Eine Anstellung ist jetzt das Wichtigste. Wer sich noch keinen Platz auf dem Fußboden gesichert hat, braucht auch keine Matte.« Nach einer kurzen Pause fuhr er fort: »Es gibt noch so vieles zu bereden, doch nicht mehr heute abend. Du bist müde und mußt schlafen.«

»Ich bin nicht sehr müde, Vater. Aber es ist sicher besser, wir reden morgen weiter. Doch über eines kannst du beruhigt sein und brauchst dir keine weiteren Sorgen mehr zu machen. Es kommt überhaupt nicht in Frage, daß John die höhere Schule nicht abschließt.«

»Gute Nacht, mein Sohn. Gott segne dich.«

»Gute Nacht, Vater.«

Obi lieh sich die alte Petroleumlampe aus, um den Weg zu seinem Zimmer und Bett zu finden. Auf dem alten, hölzernen Bett mit der harten, grasgefüllten Matratze lag ein nagelneues weißes Laken. Die Kissenbezüge mit dem feinen, gestickten Blumenmuster hatte sicher Esther gemacht. »Liebe alte Esther!« dachte Obi. Er erinnerte sich an die

Zeit, als er noch ein kleiner Junge und Esther gerade Lehrerin geworden war. Alle sagten, daß man sie jetzt nicht mehr Esther nennen dürfe, weil das zu respektlos sei, sondern man müsse *Miss* zu ihr sagen. Also war sie von nun an *Miss*. Zuweilen vergaß Obi diese Regelung und rief sie Esther, worauf ihm Charity vorhielt, wie unhöflich er sei.

In jenen Tagen verstand sich Obi sehr gut mit seinen drei ältesten Schwestern, Esther, Janet und Agnes, doch nicht mit Charity, die in der Reihe der Geschwister vor ihm kam. Charity hatte man den Ibonamen *Ein Mädchen ist auch gut* gegeben; doch jedesmal, wenn sie sich stritten, nannte Obi sie *Ein Mädchen ist nicht gut*. Dann verprügelte ihn Charity so lange, bis er schrie; war allerdings die Mutter in der Nähe, pflegte Charity die Schläge aufzuschieben. Sie war stark wie ein Pferd, und alle Kinder in der Nachbarschaft, auch die Jungen, fürchteten sie.

Nachdem er sich hingelegt hatte, konnte Obi lange nicht einschlafen. Seine Gedanken beschäftigten sich mit den Verpflichtungen, die auf ihn zukamen. Offensichtlich konnten die Eltern ihren Lebensunterhalt nicht mehr alleine bestreiten. Sie hatten sich auf die magere Pension von der Kirche noch nie verlassen: Der Vater hatte Yamswurzeln angebaut und die Frau Maniok und Kokosyams. Früher hatte seine Mutter auch aus Aschenlauge und Palmöl Seife gemacht und sie mit einem kleinen Gewinn an die Leute im Dorf verkauft. Aber nun waren beide für diese Dinge zu alt geworden.

»Ich muß von meinem Gehalt monatlich etwas für sie abzweigen.« Wieviel? Konnte er es sich leisten, ihnen zehn Pfund zu geben? Wenn nur die monatlichen zwanzig Pfund Rückzahlung an die *Progressive Union von Umuofia* nicht wären. Und dann das Schulgeld für John.

»Irgendwie werden wir es schon schaffen«, sagte er laut. »Man kann nicht alles haben. Wie viele junge Männer gibt es heute in diesem Land, die für die Chance, die ich hatte, alle erdenklichen Opfer bringen würden.«

Draußen war plötzlich ein starker Wind aufgekommen, und die aufgestörten Bäume raschelten und ächzten laut. Wetterleuchten drang durch die Ritzen der Jalousie. Es würde regnen. Obi liebte den nächtlichen Regen. Er vergaß all seine Verpflichtungen und dachte an Clara und wie himmlisch es in einer solchen Nacht wäre, die Kühle ihres Körpers – ihre wohlgeformten Schenkel und üppigen Brüste – an dem seinen zu spüren.

Warum wollte sie nicht, daß er seinen Eltern schon etwas von ihr erzählte? Hatte sie sich denn immer noch nicht entschieden? Zumindest seiner Mutter hätte er es gerne gesagt. Er wußte, daß sie sich sehr darüber freuen würde. Wenn sie sein erstes Kind gesehen habe, sei sie bereit, aus dieser Welt zu gehen, hatte sie einmal zu ihm gesagt. Das war, ehe er nach England gegangen war; es mußte um die Zeit gewesen sein, als Esthers erstes Kind geboren wurde. Nun hatte sie drei, Janet zwei und Agnes eines. Agnes hätte auch zwei gehabt, wäre ihr erstes Kind am Leben geblieben. Es muß schrecklich sein, sein erstes Kind zu verlieren, besonders für ein kleines Mädchen wie Agnes, denn als sie heiratete, war sie, zumindest ihrem Verhalten nach, wirklich kaum mehr als ein kleines Mädchen gewesen. Selbst jetzt schien sie noch immer nicht ganz erwachsen zu sein. Ihre Mutter hielt ihr das stets vor. Obi lächelte in der Dunkelheit, als er an den kleinen Zwischenfall dachte, der sich vor ein paar Stunden, nach dem Abendgebet, ereignet hatte.

Agnes sollte die kleinen Kinder, die auf der Matte eingeschlafen waren, in ihre Betten bringen.

»Weck sie auf, damit sie noch einmal zur Toilette können«, sagte Esther, »sonst geht alles ins Bett.«

Agnes packte das erste Kind am Handgelenk und zog es hoch.

»Agnes, Agnes!« kreischte die Mutter, die auf ihrem niederen Hocker neben den Kindern saß. »Ich habe ja schon immer gewußt, daß du nicht ganz richtig im Kopf bist. Wie oft soll ich dir noch sagen, daß man ein Kind beim Namen rufen muß, ehe man es aufweckt!«

»Paß doch auf«, mischte sich Obi ein und tat so, als wäre er sehr böse, »wenn man ein Kind so plötzlich aufweckt, kann seine Seele möglicherweise nicht rechtzeitig vor dem Erwachen in seinen Körper zurückkehren. Weißt du das denn nicht?«

Die Mädchen lachten. Obi hatte sich überhaupt nicht verändert. Er hänselte sie zu gerne, und auch die Mutter blieb nicht verschont. Sie lächelte.

»Ihr könnt ruhig lachen, wenn es euch danach zumute ist«, sagte sie nachsichtig. »Ich finde das nicht zum Lachen.«

»Deshalb nennt Vater meine Schwestern auch die törichten Jungfrauen«, sagte Obi.

Unter Blitz und Donner begann es draußen zu regnen. Zuerst trommelten große Regentropfen auf das Blechdach. Es hörte sich an, als hätte einer tausend Kieselsteine vom Himmel fallen lassen, jeder einzelne in ein Stückchen Stoff verpackt, um den Fall zu dämpfen. Obi wünschte, es wäre heller Tag – zu gerne hätte er endlich einmal wieder den tropischen Regen fallen sehen. Es regnete nun stärker. Das Trommeln der großen, vereinzelten Tropfen hatte einem ständigen Rauschen Platz gemacht.

»Ich hatte vergessen, daß es zuweilen auch im November noch so heftig regnet«, dachte er und zog sein Lendentuch hoch, um sich zuzudecken. Dieser Regen war außergewöhnlich. Es schien, als habe die Gottheit, die in den Wolken über die Wasser herrschte, nachdem sie die Vorräte überprüft und die Monate an den Fingern abgezählt hatte, befunden, daß noch zuviel Regen übrig war und daß sie, ehe die bevorstehende Trockenzeit anbrach, etwas Einschneidendes unternehmen müsse.

Obi gebot seinen Gedanken Ruhe und schlief ein.

Siebtes Kapitel

Obis erster Tag im Staatsdienst sollte ein denkwürdiger Tag werden, fast so denkwürdig wie sein erster Schultag in der Missionsschule draußen im Busch von Umuofia, vor nunmehr fast zwanzig Jahren. In jenen Jahren waren weiße Männer sehr selten; Mr. Jones war überhaupt erst der zweite weiße Mann gewesen, den Obi, der damals fast sieben Jahre zählte, mit eigenen Augen gesehen hatte. Der erste Weiße war der Bischof der Region Niger gewesen.

Mr. Jones war der Schulinspektor und als solcher im ganzen Verwaltungsbezirkt gefürchtet. Es hieß, er habe in dem Krieg gegen den Kaiser gekämpft, und das sei ihm zu Kopf gestiegen. Mit einer Länge von über sechs Fuß war er ein riesenhafter Mann. Er fuhr ein Motorrad, das er stets ungefähr eine halbe Meile vor seinem Zielort stehen ließ, damit er jede Schule unangekündigt aufsuchen konnte. So war er ganz sicher, jemand bei einem Vergehen zu ertappen. Sein Besuch war ungefähr alle zwei Jahre fällig, und jedesmal tat er etwas, das bis zu seinem nächsten Besuch bestimmt nicht vergessen wurde. Vor zwei Jahren hatte er einen Jungen zum Fenster hinausgeworfen. Dieses Mal bekam der Schulleiter Schwierigkeiten. Obi hatte nie begriffen, um was es eigentlich ging, denn die ganze Auseinandersetzung spielte sich in Englisch ab. Rot vor Zorn trabte Mr. Jones mit derart ricsigen Schritten auf und ab, daß Obi Angst bekam, er werde direkt auf ihn zukommen. Währenddessen versuchte Mr. Nduka, der Schulleiter, unablässig, etwas zu erklären.

»Ruhe!« brüllte Mr. Jones und bekräftigte seinen Befehl mit einer Ohrfeige. Simeon Nduka gehörte zu jenen, dic verhältnismäßig spät in ihrem Leben die Wege des Weißen Mannes beschritten hatten, in seiner Jugend hatte er noch die große Kunst des Ringens erlernt. Im Bruchteil einer

Sekunde lag Mr. Jones am Boden, und es herrschte die größte Verwirrung in der Schule. Ohne zu wissen, warum, ergriffen Lehrer und Schüler geschlossen die Flucht. Einen weißen Mann zu Boden zu zwingen kam dem Unerhörtesten gleich – einem Ahnengeist die Maske abzureißen.

Das war vor zwanzig Jahren gewesen. Heutzutage würden wenige Weiße auch nur daran denken, einen Schulleiter in seiner Schule zu ohrfeigen, und schon gar keiner würde es tun. Ebendarin lag die Tragik im Leben von Männern wie William Green, Obis Chef.

Obi hatte an jenem Morgen Mr. Green bereits kennengelernt. Kaum angekommen, hatte man ihn zu Mr. Green geführt und ihn vorgestellt. Ohne sich von seinem Sessel zu erheben oder ihm die Hand zu reichen, murmelte Mr. Green etwas in der Richtung, daß die Arbeit Obi gefallen werde, wenn er erstens nicht faul bis auf die Knochen und zweitens bereit sei, seinen Verstand zu benutzen. »Ich nehme doch an, daß Sie einen haben«, schloß er.

Einige Stunden später erschien er im Büro von Mr. Omo, wo man Obi einstweilen untergebracht hatte. Mr. Omo war Verwaltungsassistent. Fast dreißig Jahre lang hatte er sich Tausenden von Akten gewidmet; er werde sich pensionieren lassen, so sagte er zumindest, sobald sein Sohn seine Rechtsstudien in England beendet habe. Obi verbrachte diesen ersten Tag in Mr. Omos Büro, wo er einiges über Büroverwaltung lernen sollte.

Als Mr. Green eintrat, schnellte Mr. Omo von seinem Stuhl hoch; gleichzeitig ließ er die andere Hälfte der Kolanuß, die er gerade aß, in seiner Hosentasche verschwinden.

»Warum ist mir die Akte ›Studienurlaub‹ nicht vorgelegt worden?« fragte Mr. Green.

»Ich dachte ...«

»Sie werden nicht dafür bezahlt, daß Sie denken, Mr. Omo, sondern daß Sie tun, was man Ihnen sagt. Ist das klar? Schicken Sie mir jetzt sofort die Akte.«

»Ja, Sir.«

Mr. Green schlug die Tür hinter sich zu, und Mr. Omo trug ihm persönlich die Akte ins Büro nach. Als er zurückkam, beschimpfte er einen jüngeren Büroangestellten, der allem Anschein nach dieses Versehen verursacht hatte.

Für Obi stand nun endgültig fest, daß er Mr. Green nicht mochte und daß Mr. Omo einer dieser »alten Afrikaner« war. Wie um diese Überzeugung zu bestätigen, klingelte das Telephon. Wie immer, wenn das Telephon klingelte, zögerte Mr. Omo zuerst, um es dann mit einer Miene abzunehmen, als könnte es beißen.

»Hallo. Ja, Sir.« Mit offensichtlicher Erleichterung reichte er Obi den Hörer. »Für Sie, Mr. Okonkwo.«

Obi nahm den Hörer. Es war Mr. Green. Er wollte wissen, ob Obi sein offizielles Einstellungsschreiben erhalten habe. Obi sagte nein, er habe nichts erhalten.

»Sie haben Ihre Vorgesetzten mit *Sir* anzusprechen, Mr. Okonkwo!« Damit wurde der Hörer aufgeknallt, so daß Obi fast taub wurde.

In der Woche nachdem er seine Ernennungsurkunde erhalten hatte, kaufte Obi einen Morris Oxford. Mr. Green gab ihm einen Empfehlungsbrief an den Autohändler, in dem stand, daß Obi Beamter im höheren Dienst sei und deshalb Anspruch auf ein Kraftfahrzeugdarlehen habe. Mehr war nicht erforderlich. Obi betrat den Verkaufsraum des Händlers und kam mit einem nagelneuen Wagen heraus.

Vor dem Autokauf hatte Mr. Omo ihn rufen lassen, da bestimmte Dokumente zu unterzeichnen seien.

»Wo ist Ihr Zeichen?« fragte er sofort, als Obi ins Zimmer trat.

»Welches Zeichen?« fragte Obi zurück.

»Sie haben doch studiert! Warum wissen Sie dann nicht, daß man eine Bewilligung unterzeichnen muß?«

Mr. Omo lachte ein hämisches Lachen. Er hatte sehr

schlechte, von Zigaretten und Kolanuß schwarz verfärbte Zähne. Vorne fehlte ein Zahn, und wenn er lachte, sah das Loch aus wie eine Baulücke in den Slums. Die jüngeren Büroangestellten lachten aus Loyalität mit.

»Sie bilden sich wohl ein, die Regierung gibt Ihnen sechzig Pfund, ohne zu unterschreiben?«

Erst da verstand Obi, worum es ging. Er sollte sechzig Pfund Einrichtungszulage bekommen.

»Heute ist ein herrlicher Tag«, sagte er zu Clara am Telephon. »Ich habe sechzig Pfund in der Tasche, und um zwei Uhr heute nachmittag bekomme ich mein Auto.«

Clara schrie vor Entzücken. »Soll ich Sam anrufen und ihm sagen, er brauche uns heute abend seinen Wagen nicht zu schicken?«

Der Ehrenwerte Sam Okoli, Staatsminister, hatte sie beide für den Abend zu einem Drink eingeladen und angeboten, seinen Chauffeur zu schicken. Clara wohnte in Yaba bei ihrer Kusine. Sie hatte eine Stelle als stellvertretende Stationsschwester gefunden und sollte in ungefähr einer Woche ihren Dienst antreten. Dann würde sie sich auch nach einer passenden Wohnung umsehen. Obi teilte noch immer das Zimmer mit Joseph in Obalende, würde aber Ende der Woche eine der Wohnungen in Ikoyi beziehen, die den Angehörigen des höheren Staatsdienstes vorbehalten waren.

Obi war erst bereit, Sam Okoli sympathisch zu finden, als er erfuhr, daß dieser es nicht auf Clara abgesehen hatte. Vielmehr würde er in Kürze Claras beste Freundin heiraten, und Clara war gebeten worden, Brautjungfer zu sein.

»Komm herein, Clara, willkommen, Obi«, sagte er, als kenne er sie beide schon ein Leben lang. »Was für ein hübscher Wagen. Wie fährt er? Bitte, hier herein. Du siehst sehr süß aus, Clara. Wir haben uns noch nicht kennengelernt, Obi, aber ich weiß alles über Sie. Ich freue mich, daß Sie

Clara heiraten werden. Nehmt Platz, irgendwo. Und was möchtet ihr trinken? Ladies first, das hat uns der Weiße Mann beigebracht. Ich respektiere die Weißen, trotzdem wollen wir, daß sie gehen. Limonade? Um Gottes willen! Niemand trinkt in meinem Haus Limonade. Samson, bring Sherry für die Miss!«

»Jawohl, Sir«, antwortete der in makelloses Weiß mit Messingknöpfen gekleidete Samson.

»Bier? Warum probierst du keinen Whisky?«

»Ich lasse meine Finger von Hochprozentigem«, antwortete Obi.

»Viele junge Leute, die aus Übersee kommen, fangen so an«, bemerkte Okoli. »O.K. Samson, ein Bier, und für mich Whisky mit Soda.«

Obi schaute sich in dem luxuriös eingerichteten Wohnzimmer um. Er hatte die Kontroversen in der Presse verfolgt, nachdem die Regierung beschlossen hatte, diese Ministerhäuser mit einem Kostenaufwand von je 35 000 Pfund zu bauen.

»Ein sehr schönes Haus«, bemerkte er.

»Ja, ist gar nicht so übel«, sagte der Minister.

»Das ist ja ein riesiges Radio!« Obi stand auf, um es sich näher anzusehen.

»Es ist mit einem Aufnahmegerät kombiniert«, erklärte der Besitzer, und als ahne er, was Obi dachte, fügte er hinzu: »Es gehörte nicht zur Einrichtung des Hauses. Ich habe 275 Pfund dafür bezahlt.« Er stand auf und stellte das Tonbandgerät ab.

»Wie gefällt Ihnen Ihre Arbeit bei der Stipendienkommission? Wenn Sie hier drücken, nimmt es auf. Wollen Sie stoppen, drücken Sie hier. Dieser Knopf ist für den Plattenspieler und dieser für das Radio. Wäre in meinem Ministerium eine Stelle frei geworden, hätte ich Sie gerne zu mir geholt.« Er stellte den Recorder ab, spulte zurück und drückte dann den Wiedergabeknopf. »Nun werden Sie unsere ganze Unterhaltung hören – alles!« Er lächelte zufrieden, als er seine eigene Stimme hörte, und fügte ab und zu einen Kommentar in Pidginenglisch hinzu.

»Der Weiße Mann geht nicht weit weg; wir schreien vergeblich«, sagte er. Dann schien er sich seiner Position zu erinnern. »Trotzdem muß der Weiße Mann gehen. Hier ist nicht sein Land.« Er goß sich noch einen Whisky ein, stellte das Radio an und setzte sich wieder.

»Haben Sie nur einen Staatssekretär in Ihrem Ministerium?« fragte Obi.

»Im Augenblick schon; doch ich hoffe, im April einen zweiten zu bekommen. Früher hatte ich einen Nigerianer als Staatssekretär, aber das war ein Idiot. Sein Kopf war aufgeblasen wie der einer Wanderameise, weil er die Universität in Ibadan besucht hatte. Jetzt habe ich einen Weißen, der in Oxford studiert hat und mich mit ›Sir‹ anredet. Unser Volk hat noch einen langen Weg vor sich.«

Obi saß mit Clara hinten im Wagen, als der Fahrer, den er an jenem Morgen für vier Pfund und zehn Shilling im Monat angestellt hatte, sie in das zwölf Meilen entfernte Ikeja fuhr, um dort den neuen Wagen mit einem festlichen Essen zu feiern. Doch weder Fahrt noch Essen waren ein großer Erfolg. Es war nicht zu übersehen, daß Clara unglücklich war. Obi versuchte vergebens, sie aufzumuntern und zum Reden zu bewegen.

»Was hast du denn?«

»Nichts, ich bin nur ein bißchen traurig, das ist alles.«

Im Auto war es dunkel. Er legte einen Arm um sie und zog sie an sich.

»Nicht hier, bitte.«

Obi war verletzt, weil er wußte, daß der Fahrer zugehört hatte.

»Es tut mir leid, Liebling«, sagte Clara und nahm seine Hand, »ich werde es dir später erklären.«

»Wann später?« Der Tonfall in ihrer Stimme hatte Obi alarmiert.

»Heute, nachher, wenn du gegessen hast.«

»Wie bitte? Willst du denn nichts essen?«

Sie sagte, ihr sei nicht nach essen zumute. Obi erklärte, dann würde er auch nichts essen. Also beschlossen sie zu essen. Als dann aber das Essen kam, warfen sie nur einen Blick darauf, selbst Obi, der mit gewaltigem Appetit losgefahren war, rührte nichts an.

Clara schlug vor, sich den Film anzusehen, der gerade lief, doch Obi war dagegen. Er wollte wissen, was sie auf dem Herzen habe. Schließlich entschlossen sie sich zu einem Spaziergang hinunter zum Swimming-Pool.

Bevor Obi auf dem Frachtschiff SASA Clara kennengelernt hatte, war Liebe für ihn noch eine dieser stark überbewerteten Erfindungen der Europäer gewesen. Das bedeutete nicht, daß Frauen ihm gleichgültig waren – ganz im Gegenteil. In England hatte er recht intime Beziehungen zu einigen Mädchen gehabt – da war eine aus Nigeria gewesen, ein westindisches Mädchen, Engländerinnen und so weiter. Doch diese Beziehungen, die Obi für Liebe hielt, hatten weder Tiefe, noch waren sie aufrichtig gewesen. Immer schien ein Teil seines Selbst – der denkende Teil – außerhalb des Ganzen zu stehen und mit zynischer Verachtung auf die leidenschaftliche Umarmung zu blicken. Das Ergebnis war, daß der eine Teil von Obi ein Mädchen küßte und ihr ins Ohr flüsterte: »Ich liebe dich«, während der andere Teil sagte: »Was für ein Unsinn!« Und jedesmal hatte dieser andere Teil schließlich triumphiert, wenn die Leidenschaft verflogen war und der Zauber sich in nichts aufgelöst hatte. Zurück war eine lächerliche Leere geblieben.

Mit Clara war alles anders, und zwar gleich von Anfang an. Es gab keinen überlegenen Teil seines Ichs, der ihm mit herablassendem Lächeln auf den Lippen zusah.

»Ich kann dich nicht heiraten«, sagte sie unvermittelt und

brach in Tränen aus, als Obi sie unter dem großen Mangobaum am Rand des Swimming-Pools küssen wollte.

»Ich verstehe dich nicht, Clara.« Und das stimmte. War dies das typische Spiel einer Frau, um ihn fester an sich zu binden? Doch das war nicht Claras Art – sie kannte keine gespielte Bescheidenheit. Nicht viel zumindest. Und ebendieser Zug gefiel Obi besonders an ihr. Sie schien so selbstbewußt zu sein, daß sie, ganz im Gegensatz zu anderen Frauen, überhaupt nicht beachtete, wie schnell oder auch wie billig sie jemand ins Netz ging.

»Warum kannst du mich nicht heiraten?« Es gelang ihm, diese Frage gelassen auszusprechen. Als Antwort warf sie sich an seine Brust und begann heftig zu weinen.

»Was hast du, Clara, was ist los? Sag mir's doch.« Alle Gelassenheit war verschwunden. Seiner Stimme war anzuhören, daß er den Tränen nahe war.

»Ich bin *osu*«, schluchzte sie. Schweigen. Sie hörte auf zu weinen und machte sich still von ihm los. Noch immer hatte er nichts gesagt.

»Du verstehst also, warum wir nicht heiraten können«, sagte sie, und ihre Stimme klang entschlossen, fast unbekümmert – erschreckend unbekümmert. Nur die Tränen auf ihren Wangen verrieten noch, daß sie geweint hatte.

»Unsinn!« sagte Obi. Er schrie es fast hinaus, als hoffe er, seine Stimme könnte nun jene Sekunden des Schweigens auslöschen, in denen alles stillgestanden und vergeblich auf sein Wort gewartet hatte.

Mitternacht war vorüber, und Joseph schlief bereits, als Obi nach Hause kam. Die Tür war zu, aber nicht abgeschlossen. Leise trat er ins Zimmer. Doch das kaum hörbare Quietschen der Tür hatte genügt, um Joseph aufzuwecken. Ohne sich erst auszuziehen, erzählte Obi alles.

»Genau danach wollte ich dich schon immer fragen. Ich konnte mir nicht vorstellen, warum ein so schönes und gutes Mädchen bis jetzt unverheiratet geblieben war.« Zerstreut zog sich Obi aus. »Auf alle Fälle hast du Glück, daß du es gleich zu Anfang erfahren hast. Noch ist kein Schaden entstanden. Der Schlaf schadet dem Auge nicht«, fügte er hinzu, obwohl das Sprichwort nicht ganz paßte. Er bemerkte, daß Obi ihm überhaupt nicht zuhörte.

»Ich werde sie heiraten«, sagte Obi.

»Wie bitte?« Joseph setzte sich auf.

»Ich werde sie heiraten!«

»Jetzt hör mal zu«, sagte Joseph, stand auf und band sich das Tuch, mit dem er sich zugedeckt hatte, um die Hüften. Er sprach jetzt englisch. »Du hast studiert, doch in dieser Angelegenheit hilft alles Bücherwissen nichts. Weißt du denn überhaupt, was *osu* ist? Aber wie solltest du es auch wissen können!« Diese kurze Feststellung besagte nichts anderes, als daß Obi, durch sein von der Mission bestimmtes Elternhaus und die Ausbildung in Europa, zu einem Fremden in seinem eigenen Land geworden war – es war das Schmerzhafteste, was man Obi sagen konnte.

»Ich weiß mehr darüber als du«, antwortete Obi, »und ich werde das Mädchen heiraten. Außerdem habe ich dich nicht um deine Zustimmung gebeten.«

Joseph beschloß, daß es wohl besser sei, die Sache im Augenblick auf sich beruhen zu lassen. Er legte sich wieder ins Bett, und es dauerte nicht lange, bis man ihn schnarchen hörte.

Nun, da er einen Gegner hatte – den ersten von Hunderten, die zweifellos auftauchen würden –, fühlte sich Obi hinsichtlich seiner Entscheidung zuversichtlicher. Entscheidung war eigentlich schon zuviel gesagt, denn für ihn konnte es gar keine andere Wahl geben. Daß es mitten im zwanzigsten Jahrhundert noch möglich sein sollte, einem Mann den Weg zur Heirat mit einem Mädchen zu verstellen, nur weil deren Ur-Ur-Ur-Urgroßvater einstmals ausersehen worden war, einem Gott zu dienen, deshalb abseits von der Gesellschaft stand und seine Nachkommen nun bis ans Ende der Zeit einer verbotenen Kaste angehörten – das war einfach empörend. Ganz unglaublich. Und dazu noch Joseph, ein gebildeter Mann, der Obi vorhielt, er verstünde das alles nicht. »Selbst meine Mutter kann mich nicht davon abhalten«, sagte er, als er sich neben Joseph zum Schlafen niederlegte.

Am nächsten Tag kam er gegen halb drei Uhr nachmittags bei Clara vorbei und eröffnete ihr, daß sie nach Kingsway gehen würden, um einen Verlobungsring zu kaufen.

»Wann?« war alles, was sie sagen konnte.

»Jetzt gleich.«

»Aber ich habe doch gesagt, ich ...«

»Ach, langweile mich nicht damit ... Ich habe noch so vieles andere zu erledigen. Hausangestellten habe ich noch keinen, und die Töpfe und Pfannen sind auch noch nicht eingekauft.«

»Natürlich, morgen beziehst du ja deine neue Wohnung. Ich habe es ganz vergessen.«

Sie nahmen den Wagen und fuhren direkt nach Kingsway zum Juwelier, wo sie für zwanzig Pfund einen Ring kauften. Obis schwerer Geldbeutel mit den sechzig Pfund war nun um vieles leichter geworden. Dreißig, fast vierzig Pfund waren weg.

»Was ist mit der Bibel?« fragte Clara.

»Mit welcher Bibel?«

»Die zu dem Ring gehört. Weißt du das nicht?«

Nein, davon hatte Obi noch nie gehört. Sie gingen hinüber in die Buchhandlung der Missionsgesellschaft und erstanden eine hübsche kleine Bibel mit Reißverschluß.

»Alles hat heutzutage einen Reißverschluß«, sagte Obi und schaute instinktiv auf seine Hose, um ganz sicher zu sein, daß er nicht, wie es schon vorgekommen war, vergessen hatte, den Reißverschluß zu schließen.

Sie verbrachten den ganzen Nachmittag mit Einkaufen. Zuerst interessierte sich Obi ebenso wie Clara für die Dinge, die sie für ihn auswählte. Nach einer Stunde, in der nur ein kleiner Kochtopf in ihre Taschen gewandert war, konnte Obi auch nicht mehr das geringste Interesse für ihr Vorgehen aufbringen und zottelte nur noch wie ein gehorsamer Hund hinter Clara her. Weil ihr ein bestimmter Aluminiumkochtopf in einem Laden nicht gefiel, marschierte sie die ganze Broad Street entlang, bis zum anderen Ende, nur um dort genau denselben Topf zum selben Preis zu kaufen.

»Was ist der Unterschied zwischen diesem und dem anderen, den wir bei U. T. C. gesehen haben?«

»Männer sind blind«, war ihre Antwort.

Als Obi zu Joseph in die Wohnung zurückkam, war es fast elf Uhr. Joseph war noch auf. Er hatte den ganzen Nachmittag gewartet, um die Diskussion, die sie in der Nacht abgebrochen hatten, zu Ende zu führen.

»Wie geht es Clara?« fragte er wie nebenbei und in bewußt normalem Tonfall. Doch Obi war keineswegs bereit, sich sofort unmittelbar in das Thema zu stürzen. Er wollte am Rande beginnen, so, wie er es sich schon vor Jahren angewöhnt hatte, wenn er an einem kalten Morgen in der Zeit des Harmattan mit einem Eimer Wasser und der Aufforderung, sich zu waschen, konfrontiert wurde. Der Rükken war der Körperteil, der das kalte Wasser am meisten scheute. Obi stand dann gewöhnlich vor dem Eimer und überlegte, wie er die Sache am besten angehen werde. Meistens rief dann seine Mutter: »Obi, bist du noch nicht fertig? Du kommst zu spät zur Schule, und es wird Prügel geben!« Im allgemeinen rührte Obi daraufhin mit einem Finger im Wasser, um sich die Füße und Beine bis zum Knie und die Arme bis zu den Ellenbogen zu waschen; dann kam das an die Reihe, was von Armen und Beinen übriggeblieben war, danach Gesicht und Kopf, Bauch und schließlich, von einem Luftsprung begleitet, der Rücken. Dieselbe Methode wollte er auch jetzt anwenden.

»Es geht ihr gut«, sagte er. »Eure Polizei hier in Nigeria ist ziemlich unverschämt übrigens.«

»Die sind zu nichts nütze«, gab Joseph zurück, der jetzt nicht über die Polizei reden wollte.

»Ich sagte dem Fahrer, er solle uns in die Victoria Beach Road fahren, aber als wir dort ankamen, war es so kalt, daß Clara nicht aussteigen wollte. Also blieben wir hinten im Wagen sitzen und unterhielten uns.«

»Und wo war der Fahrer?«

»Er war ein Stückchen spazierengegangen, um sich den Leuchtturm anzusehen. Auf alle Fälle waren wir noch keine zehn Minuten da, als ein Polizeiauto neben uns hielt und einer der Polizisten mit einer Taschenlampe in unser Auto leuchtete. Er sagte: ›Guten Abend, Sir.‹ Ich sagte: ›Guten Abend.‹ Dann sagte er: ›Ist das Ihre Frau?‹ Ich blieb ganz cool und sagte: ›Nein.‹ Daraufhin sagte er: ›Wo aufgelesen?‹ Das war mir denn doch zuviel, ich verlor die Geduld und schrie ihn an. Clara sagte in Ibo zu mir, ich solle doch den Fahrer rufen, dann könnten wir einfach wegfahren. Sofort war der Polizist wie ausgewechselt. Er war nämlich ein Ibo. Er sagte, er habe nicht gewußt, daß wir Ibos seien. Dann sagte er noch, daß viele Leute heutzutage sich ein Vergnügen daraus machten, anderer Männer Ehefrauen am Strand spazierenzuführen. Stell dir das mal vor! ›Wo aufgelesen?‹«

»Was habt ihr dann gemacht?«

»Wir sind so schnell wie möglich weggefahren. Wir konnten ja unmöglich länger dort bleiben. Übrigens sind wir jetzt verlobt. Ich habe ihr heute nachmittag einen Ring gekauft.«

»Sehr schön«, sagte Joseph mit bitterer Stimme. Er dachte eine Weile nach und fragte dann: »Werdet ihr nach englischer Art heiraten, oder wirst du, so wie es Sitte ist, deine Leute bitten, ihre Familie anzusprechen?«

»Das weiß ich noch nicht. Es hängt davon ab, wie sich mein Vater dazu verhalten wird.«

»Hast du ihm etwas gesagt, als du zu Hause warst?«

»Nein, denn ich hatte mich selbst noch nicht endgültig entschieden.«

»Er wird seine Zustimmung nicht geben«, sagte Joseph. »Jeder kann wissen, daß ich das gesagt habe.«

»Ich werde sie schon herumkriegen, besonders meine Mutter«, gab Obi zurück.

»Schau mich an, Obi.« Joseph pflegte ausnahmslos alle, mit denen er sich unterhielt, aufzufordern, ihn anzuschauen. »Was du vorhast, betrifft nicht nur dich selbst, sondern deine ganze Familie und zukünftige Generationen. Ist ein einziger Finger voll Öl, beschmutzt er auch die anderen. Irgendwann in der Zukunft, wenn wir alle zivilisiert sein werden, mag jeder jede heiraten. Doch diese Zeit ist noch nicht gekommen. Unsere Generation besteht nur aus Pionieren.«

»Und was ist ein Pionier? Jemand, der den Weg weist. Genau das tue ich. Auf alle Fälle ist es jetzt zu spät, die Dinge wieder rückgängig zu machen.«

»Nein, zu spät ist es nie«, gab Joseph zurück. »Was bedeutet schon ein Verlobungsring? Unsere Väter haben nicht mit Ringen geheiratet. Es ist nicht zu spät. Vergiß nicht, daß du der einzige Sohn Umuofias bist, der im Ausland studiert hat. Wir wollen nicht, daß es uns wie dem unglücklichen Kind ergeht, das als ersten Zahn einen schlechten Zahn bekam. Wird dein Vorhaben nicht all die armen Männer und Frauen restlos enttäuschen, die das Geld für dich aufgebracht haben?«

Obi wurde es langsam zu dumm. »Vergiß nicht, es war nur ein Darlehen. Ich werde es bis zum letzten Pfennig zurückzahlen.«

Besser als irgend jemand sonst wußte Obi, daß sich seine Familie einer Heirat mit einem Mädchen, das *osu* war, aufs heftigste widersetzen würde. Wer täte das nicht? Doch für ihn gab es nur Clara und sonst niemanden. Familienbindungen waren gut und schön, doch nur solange sie ihm nicht, was Clara betraf, den Weg verbauten. »Könnte ich meine Mutter überzeugen«, dachte er, »wäre alles gut.«

Zwischen Obi und seiner Mutter bestand eine Bindung ganz besonderer Art. Von ihren acht Kindern stand Obi ihr am nächsten. Vor Obis Geburt hatten die Nachbarn sie »Janets Mutter« genannt, doch dann wurde sie sofort »Obis Mutter«. In solchen Dingen haben Nachbarn ein unfehlbares Gespür. In seiner Kindheit war diese besondere Beziehung zur Mutter für Obi eine Selbstverständlichkeit gewesen. Doch als er zehn Jahre alt war, geschah etwas, wodurch diese Beziehung bei ihm konkrete Gestalt annahm. Obi besaß eine rostige Rasierklinge, mit der er seinen Bleistift spitzte oder auch gelegentlich eine Heuschrecke zerlegte. Eines Tages hatte er vergessen, dieses Werkzeug aus seiner Hosentasche zu nehmen, und als die Mutter seine Kleider auf einem Stein im Fluß waschen wollte, schnitt sie sich tief in die Hand. Sie kehrte mit den ungewaschenen Kleidungsstücken nach Hause zurück, und von ihrer Hand tropfte das Blut. Wann immer Obi mit Liebe an seine Mutter dachte, fiel ihm – er wußte auch nicht, warum – dieses vergossene Blut seiner Mutter ein. Es band ihn um so enger an sie.

Als er sich sagte: »Wenn ich meine Mutter überzeugen könnte ...«, war er fast sicher, daß es ihm gelingen würde.

Achtes Kapitel

Die *Progressive Union von Umuofia*, Ortsverband Lagos, hielt ihre Versammlung an jedem ersten Samstag im Monat ab. Im November hatte Obi nicht teilgenommen, weil er zu der Zeit Umuofia besucht hatte. Sein Freund Joseph hatte sein Fernbleiben entschuldigt.

Am 1. Dezember 1956 hatte das nächste Treffen stattgefunden. Obi erinnerte sich sehr genau an das Datum, denn jener Tag war zu einem für sein Leben bedeutsamen Tag geworden. Joseph hatte ihn im Büro angerufen, um ihn daran zu erinnern, daß die Versammlung um halb fünf beginnen werde. »Und du wirst mich auch bestimmt abholen?« fragte er.

»Natürlich«, sagte Obi. »Um vier Uhr werde ich dasein.«

»Sehr schön. Bis dann also!« Wenn Joseph telephonierte, machte er das stets sehr eindrucksvoll. Bei solchen Gelegenheiten sprach er niemals Ibo oder Pidginenglisch. Nachdem er aufgelegt hatte, erzählte er seinen Kollegen: »War mein Bruder. Eben vom Ausland zurück. B.A. in klassischer Literatur mit Auszeichnung.« Die Fiktion *klassische Literatur* zog er stets der Wahrheit, die *Englisch* hieß, vor. Es klang weitaus eindrucksvoller.

»In welchem Ministerium arbeitet er?«

»Sekretär der Stipendienkommission.«

»Bringt massig Geld. Jeder Student, der nach England will, besucht ihn vorher zu Hause.«

»Der ist anders«, sagte Joseph. »Er ist ein Gentleman. Nimmt keine Schmiergelder.«

»Ach so«, meinte der andere ungläubig.

Um viertel nach vier fuhr Obi in seinem neuen Morris Oxford bei Joseph vor. Das war einer der Gründe, warum sich Joseph besonders auf diese Versammlung gefreut hatte. Er würde sich im Glanz des Wagens mitsonnen. Wenn einer ihrer Söhne in einem eigenen Luxusauto kam, stand der *Progressiven Union von Umuofia* ein ganz großes Ereignis bevor. Und nicht zuletzt würde Joseph, als enger Freund Obis, auch etwas von dem Glanz ausstrahlen. Deshalb hatte er sich, dem Anlaß entsprechend, in Schale geworfen – graue Flanellhose, weißes Nylonhemd, dunkle Tupfenkrawatte und schwarze Schuhe. Obwohl er sich eine Bemerkung verkniff, war er enttäuscht, als Obi in so zwangloser Kleidung erschien. Gewiß wollte sich Joseph im Glanz des Wagens sonnen, doch ihm lag nicht daran, als jemand zu gelten, der als Außenstehender lauter weint als die Hinterbliebenen. Bemerkungen, die einen in derartige Verlegenheit brachten, waren den Männern von Umuofia durchaus zuzutrauen.

Die Reaktion der Versammlung übertraf selbst Josephs Erwartungen. Obwohl Obi um viertel vor vier bei ihm eingetroffen war, hatte Joseph die Weiterfahrt bis um fünf Uhr hinausgezögert, denn erst dann, wußte er, würde die Versammlung vollzählig sein. Die Strafe für Zuspätkommen betrug einen Penny, doch was war das schon, verglichen mit der Ehre, unter den Augen von ganz Umuofia aus einem Luxusauto zu steigen? Wie sich herausstellte, dachte niemand mehr an die Strafe. Alles klatschte, jubelte und tanzte, als der Wagen vorfuhr.

»Umuofia kwenu!« rief ein alter Mann. »Hoch lebe Umuofia!«

»Ya!« antwortete die Menge wie aus einem Mund.

»Umuofia kwenu!«

»Ya!«

»Kwenu!«

»Ya!«

»Ife awolu Ogoli azua n'afia«, rief er, »was uns bisher verweigert war, ist nun mitten unter uns!«

Man bot Obi einen Platz neben dem Präsidenten an, und ehe die Versammlung ihre Beratungen fortsetzen konnte, mußte Obi unzählige Fragen über seine Arbeit und über den Wagen beantworten.

Joshua Udo, Bote im Postamt, war wegen Schlafens während der Dienstzeit entlassen worden. Seiner eigenen Aussage nach hatte er jedoch nicht geschlafen, sondern nachgedacht. Aber sein Vorgesetzter hatte einen Vorwand gesucht, ihm etwas anzuhängen, weil Joshua ihm die bei seiner Einstellung versprochenen zehn Pfund Schmiergeld noch nicht ganz bezahlt hatte. Joshua richtete nun an seine Landsleute die Bitte, ihm zehn Pfund zu »leihen«, damit er sich nach einer anderen Stelle umsehen könne.

Die Versammlung hatte dieser Bitte mehr oder weniger stattgegeben, als sie durch Obis Ankunft in ihren Beratungen unterbrochen wurde. Als Vorbedingung für die Darlehensgewährung aus den zur Verfügung stehenden Mitteln war der Präsident soeben dabei, Joshua zum Thema »Schlafen im Büro« die Leviten zu lesen.

»Du hast das vierhundert Meilen entfernte Umuofia nicht verlassen, um hierher nach Lagos zu kommen und zu schlafen«, sagte der Präsident. »In Umuofia gibt es genug Betten. Wenn du nicht arbeiten willst, dann solltest du lieber dorthin zurückkehren. Ihr Boten seid alle gleich. Ich habe einen bei mir im Büro, der holt sich andauernd die Erlaubnis, zur Latrine gehen zu dürfen. Wie dem auch sei – ich beantrage, daß wir Mr. Joshua Udo ein Darlehen in Höhe von zehn Pfund bewilligen, zum ... äh ... ausschließlichen Zweck erneuter Arbeitsbeschaffung. Aufgrund seines Gesetzescharakters sagte er den letzten Satz in Englisch. Das Darlehen wurde bewilligt. Dann sorgte jemand für eine kleine Abwechslung, indem er auf die Äußerung des Präsidenten zurückkam, daß man wegen der Arbeit die vierhundert Meilen von Umuofia nach Lagos gekommen sei.

»Nicht die Aussicht auf Arbeit hat uns hierher gebracht«, sagte der Mann, »sondern die Aussicht auf Geld. Arbeit haben wir übergenug dort zurückgelassen ... Jeder, der gerne arbeiten möchte, kann nach Hause gehen, sein Buschmesser zur Hand nehmen und sich der Buschwildnis zwischen Umuofia und Mbaino annehmen. Das wird ihn bis ans Ende seiner Tage beschäftigen.« Die Versammlung stimmte dem Mann zu, daß sie das Geld und nicht die Arbeit nach Lagos gebracht habe.

»Spaß beiseite«, sagte der alte Mann, der eben den in Kriegszeiten üblichen Toast auf Umuofia ausgebracht hatte. »Joshua ist jetzt arbeitslos. Wir haben ihm zehn Pfund gegeben. Doch zehn Pfund können nicht reden. Und wenn hundert Pfund hier lägen, wo ich jetzt stehe, so könnten sie doch kein Wort sagen. Deshalb heißt es bei uns ›Freunde sind ein größerer Reichtum als Geld‹. Jeder von uns sollte sich in seiner Abteilung nach Möglichkeiten für Joshua umsehen und ein gutes Wort für ihn einlegen.« An dieser Stelle wurde er von Beifall unterbrochen.

»Dank dem Mann dort oben im Himmel«, fuhr er fort, »sitzt nun einer unserer Söhne im höheren Staatsdienst. Wir werden ihn keineswegs bitten, uns sein Gehalt zu bringen und es mit uns zu teilen. Aber in kleinen Angelegenheiten wie dieser hier kann er uns behilflich sein. Wir sind selbst schuld, wenn wir ihn nicht darum bitten. Sollen wir denn eine Schlange töten und sie in der Hand nach Hause tragen, wenn wir doch eine Tasche haben, in der lange Dinge untergebracht werden können?« Damit setzte er sich.

»Du hast sehr gut gesprochen«, sagte der Präsident. »Wir haben die gleichen Gedanken. Doch müssen wir dem jungen Mann erst Zeit geben, sich umzusehen, um sich ein Bild von der Lage zu machen.«

Die Versammlung unterstützte die Worte des Präsidenten mit beifälligem Murmeln: »Gebt dem jungen Mann Zeit. Er soll sich erst zurechtfinden.« Obi hatte ein äußerst unangenehmes Gefühl. Doch er wußte, daß sie es gut meinten. Vielleicht würde es auch nicht allzu schwierig werden, in der richtigen Weise mit ihnen umzugehen.

Der nächste Punkt auf der Tagesordnung war ein Mißbilligungsantrag gegen den Präsidenten und den Vorstand, wegen der Art und Weise, wie Obis Empfang gehandhabt worden war. Das überraschte Obi. Seiner Meinung nach war alles sehr gut gelaufen. Doch die drei jungen Männer, die den Antrag eingebracht hatten, und mit ihnen etwa ein Dutzend anderer junger Leute, waren nicht dieser Meinung. Sie beklagten sich vielmehr darüber, daß man ihnen keine einzige Flasche aus den extra eingekauften zwei Kästen Bier überlassen habe. Die führenden Leute der *Union* und die Alten Männer hätten die Flaschen unter sich verteilt und die jungen Leute mit zwei kleinen Fäßchen sauren Palmweins abgespeist. Wie jedermann wisse, sei der Palmwein von Lagos überhaupt kein echter Palmwein, sondern pures Wasser – eine unendliche Verdünnung.

Diese Anschuldigungen gaben fast eine Stunde lang Anlaß zu einem lebhaften Austausch von Vorwürfen. Der Präsident nannte die jungen Männer »schnöde Undankbare«, die mit den Waffen des Rufmordes arbeiteten. Einer der jungen Leute behauptete, es sei unmoralisch, öffentliche Mittel zu benutzen, um Bier für den privaten Durst einzukaufen. Alle diese Worte klangen wohl hart, doch Obi hatte das undeutliche Gefühl, daß ihnen der Stachel der Bitterkeit fehle, zumal es englische Worte waren, die direkt der Tageszeitung entnommen schienen. Als alles vorüber war, kündigte der Präsident an, daß ihr hochgeehrter Sohn, Obi Okonkwo, nun einige Worte zu ihnen sprechen werde. Diese Ankündigung wurde mit großer Freude aufgenommen.

Obi erhob sich und dankte den Anwesenden für diese sehr nützliche Versammlung, denn hatte nicht schon der Psalmist gesagt, wie schön und lieblich es sei, wenn Brüder einträchtig beieinander wohnten? »Auch unsere Väter haben ein Sprichwort, in dem von der Gefahr des Alleinlebens die Rede ist. Sie sagen, es sei der Fluch der Schlange. Lebten alle Schlangen zusammen an einem einzigen Ort, wer würde sich ihnen nähern? Doch jede von ihnen lebt für sich allein und wird so eine leichte Beute des Menschen.« Obi wußte, daß er damit Eindruck machte. Seine Zuhörer nickten mit den Köpfen und begleiteten seine Ausführungen mit passenden Kommentaren. Natürlich hatte er jeden Punkt der Rede sorgfältig vorbereitet, doch das Ganze hörte sich nicht allzu einstudiert an.

Er sprach von dem wunderbaren Empfang, den sie ihm anläßlich seiner Rückkehr bereitet hätten. »Kehrt ein Mann von einer langen Reise zurück, und keiner ist da, der ›*nno*‹, ›Willkommen‹, zu ihm sagt, dann ist ihm, als sei er nie angekommen.« Dann versuchte er sich an einem improvisierten Witz über Bier und Palmwein, der aber nicht ankam, und so ging er eilig zum nächsten Punkt seiner Rede über. Er dankte ihnen für die Opfer, die sie für seinen Aufenthalt in England gebracht hätten. Er werde alles in seinen Kräften Stehende tun, um ihr Vertrauen zu rechtfertigen. Die in Ibo begonnene Rede war nun zu fünfzig Prozent englisch geworden, doch sein Publikum schien noch immer höchst beeindruckt zu sein. Sie hörten gerne gutes Ibo, aber Englisch fanden sie ebenso bewundernswert. Schließlich war Obi bei seinem Hauptthema angelangt. »Ich habe euch eine kleine Bitte vorzutragen. Wie ihr alle wißt, braucht es eine gewisse Zeit, sich nach vierjähriger Abwesenheit wieder hier einzuleben. Es gibt eine Menge kleiner privater Dinge, die ich zu regeln habe. Meine Bitte ist, ob ihr mir vier Monate Zeit geben könnt, ehe ich mit der Rückzahlung meines Darlehens beginne.«

»Das ist eine Kleinigkeit«, sagte jemand. »Vier Monate sind nicht lang. Eine Schuld mag verschimmeln, doch verfaulen wird sie nie.«

Ja, es war eine Kleinigkeit, doch offensichtlich dachten nicht alle so. Obi hörte sogar jemand fragen, was er denn wohl mit dem vielen Geld anfing, das er von der Regierung erhielt.

»Du hast sehr gut gesprochen«, sagte der Präsident schließlich. »Ich glaube nicht, daß sich irgend jemand deiner Bitte verschließen wird. Wir werden dir vier Monate Zeit geben. Spreche ich für Umuofia?«

»Ya!« kam die Antwort.

»Nun wären da aber noch zwei Dinge, die ich dir nahelegen möchte. Du bist sehr jung – fast noch ein Kind. Du hast studiert. Doch Studieren ist eine Sache, und Erfahrung eine andere. Deshalb kann ich ohne Scheu zu dir sprechen.«

Obis Herz klopfte heftig.

»Du bist einer von uns, deshalb müssen wir dir unsere Gedanken offenlegen. Ich lebe nun seit fünfzehn Jahren in Lagos. Am 6. August 1941 kam ich hier an. Für einen jungen Mann ist Lagos eine schlechte Stadt. Verfällst du ihren süßen Verlockungen, kommst du um. Wahrscheinlich fragst du dich, worauf ich damit hinauswill. Ich weiß, was die Regierung den Beamten im höheren Dienst zahlt. Was einige deiner Brüder hier in einem Jahr verdienen, verdienst du in einem Monat. Ich sagte bereits, daß wir dir vier Monate Zeit einräumen werden; wir sind sogar bereit, dir ein Jahr zu geben. Aber leisten wir dir damit einen guten Dienst?«

Ein dicker Kloß setzte sich in Obis Kehle fest.

»Was dir die Regierung zahlt, ist mehr als genug, es sei denn, du begibst dich auf Abwege.« »Gott behüte!« kam es aus dem Publikum. »Abwege können wir uns nicht leisten«, fuhr der Präsident fort. »Wir sind Pioniere, die für das Wohlergehen ihrer Familien und ihrer Stadt Verantwortung tragen. Und wir, die wir diese Verantwortung tragen, müssen uns manches Vergnügen versagen. Weder dürfen wir trinken, nur weil wir unseren Nachbarn trinken sehen, noch dürfen wir den Frauen nachlaufen, nur weil unser Ding steif wird. Du magst dich fragen, worauf ich damit hinauswill. Es ist mir zu Ohren gekommen, daß du dich mit einem Mädchen zweifelhafter Herkunft abgibst und sogar daran denkst, sie zu heiraten ...«

Bebend vor Zorn sprang Obi auf. In solchen Augenblikken verschlug es ihm stets die Sprache.

»Bitte, setzen Sie sich, Mr. Okonkwo«, sagte der Präsident ruhig.

»Setzen Sie sich, welch ein Unsinn!« schrie Obi auf englisch. »Das ist alles völlig absurd! Ich könnte Sie vor Gericht bringen für diese ... für diese ... für diese ...« »Sie können mich vor Gericht bringen, wenn ich zu Ende geredet habe.«

»Ich werde Sie nicht mehr anhören. Ich nehme meine Bitte zurück. Am Monatsende werde ich meine Rückzahlungen beginnen. Nein, jetzt, in diesem Augenblick! Unterstehen Sie sich, sich jemals wieder in meine Angelegenheiten einzumischen. Und wenn ihr euch zu diesem Zweck trefft«, fuhr er in Ibo fort, »dann könnt ihr mir die Beine abhacken, wenn ihr sie jemals wieder hier erblicken solltet!« Damit ging er zur Tür. Einige versuchten, ihn aufzuhalten. »Bitte, setz dich!« »Beruhige dich!« »Das ist doch kein Grund zum Streiten!« Alle redeten gleichzeitig auf ihn ein. Doch Obi drängte sie zur Seite und bahnte sich blindlings einen Weg zu seinem Wagen; ein halbes Dutzend Leute hatte sich an seine Fersen geheftet und beschwor ihn umzukehren.

»Losfahren!« schrie er dem Fahrer zu, sobald er im Wagen saß.

»Obi, bitte!« sagte Joseph, der sich verzweifelt zum Fenster hereinlehnte.

»Verschwinde!«

Der Wagen fuhr ab. Auf halbem Weg nach Ikoyi befahl Obi dem Fahrer, kehrtzumachen und nach Lagos zurückzufahren – zu Claras Wohnung.

Neuntes Kapitel

Die Aussicht, mit Mr. Green und Mr. Omo zusammenzuarbeiten, sagte Obi nicht besonders zu, doch stellte es sich bald heraus, daß es nicht so schlimm war, wie er befürchtet hatte. Zunächst einmal wurde ihm ein eigenes Büro zugewiesen, das er mit Mr. Greens attraktiver englischer Sekretärin teilte. Er bekam Mr. Omo nur sehr selten zu Gesicht, und Mr. Green sah er nur, wenn dieser ins Zimmer stürzte und ihm oder Miss Marie Tomlinson in seinem bellenden Tonfall Befehle erteilte.

»Benimmt er sich nicht seltsam?« fragte Miss Tomlinson einmal. »Aber im Grunde ist er ja gar nicht so übel.«

»Natürlich nicht«, erwiderte Obi. Er wußte, daß diese Sekretärinnen häufig eingesetzt wurden, um die Afrikaner auszuspionieren. Sie gaben sich sehr freundlich und tolerant, das war eine ihrer Taktiken. Man mußte sich vor unbedachten Worten hüten. Obi kümmerte es wenig, ob Green wußte, was er von ihm und seinesgleichen hielt – im Gegenteil, er sollte es ruhig wissen. Doch durch einen Spitzel sollte er es keinesfalls erfahren.

Im Laufe der Zeit jedoch begann Obis Wachsamkeit nachzulassen, sie wurde »klein klein«, wie man hierzulande zu sagen pflegt. Es begann eines Morgens, als Clara wegen irgendeiner belanglosen Sache Obi im Büro aufsuchte. Miss Tomlinson hatte schon einige Male mit Clara am Telephon gesprochen und sich anerkennend über ihre anziehende Stimme geäußert. Obi machte die beiden miteinander bekannt und war etwas überrascht von der regelrechten Begeisterung der Engländerin. Nachdem Clara gegangen war, sprach sie den ganzen Tag lang von nichts anderem mehr. »Sie ist einfach bildschön! Sie sind ein Glückspilz! Wann werden Sie heiraten? An Ihrer Stelle würde ich nicht mehr länger warten ...« und so weiter und so fort.

Obi kam sich wie ein unbeholfener Schuljunge vor, der zum ersten Mal für eine außerordentliche Leistung gelobt wurde. Er begann, Miss Tomlinson in einem anderen Licht zu sehen. War es Teil ihrer Taktik, dann ging sie sehr schlau vor, und dafür gebührte ihr Anerkennung. Doch ihre Reaktion schien weder berechnend noch gewollt zu sein, sondern direkt von Herzen zu kommen.

Das Telephon klingelte, und Miss Tomlinson nahm den Hörer ab. »Mr. Okonkwo? Ja, richtig. Einen Augenblick, bitte. Es ist für Sie, Mr. Okonkwo.«

Obi hatte einen Nebenapparat vom selben Anschluß. Er dachte, es wäre Clara, aber es war nur der Pförtner von unten. »Ein Herr? Schicken Sie ihn rauf. Er möchte mich unten sprechen? Gut, dann komme ich runter. Gleich, gleich.«

Der Herr trug einen dreiteiligen Anzug und in der Hand einen aufgerollten Regenschirm. Offenbar war er gerade aus England zurückgekehrt.

»Guten Morgen. Okonkwo ist mein Name.«

»Mark«, stellte sich der andere vor. »Sehr erfreut.«

Sie gaben sich die Hand.

»Ich möchte mich von Ihnen beraten lassen – es handelt sich um eine halb offizielle und halb private Angelegenheit.«

»Dann gehen wir doch in mein Büro. Hier hoch, bitte.«

»Vielen Dank.«

Obi ging voraus.

»Sie sind erst kürzlich nach Nigeria zurückgekehrt?« fragte er, als sie die Treppe hochstiegen.

»Seit einem halben Jahr bin ich wieder hier.«

»Aha.« Obi öffnete die Tür. »Bitte, nach Ihnen.«

Mr. Mark trat ein und blieb unvermittelt stehen, als wäre ihm eine Schlange über den Weg gekrochen. Doch er faßte sich ziemlich schnell und ging weiter.

»Guten Morgen«, sagte er mit seinem schönsten Lächeln zu Miss Tomlinson. Obi zog noch einen Stuhl an seinen Schreibtisch, und Mr. Mark nahm Platz.

»Nun, was kann ich für Sie tun?«

Zu Obis großer Verwunderung antwortete Mr. Mark in Ibo:

»Ist es Ihnen recht, wenn wir uns in Ibo unterhalten? Ich wußte nicht, daß Sie das Büro mit einer Weißen teilen.«

»Wie Sie wollen. Ich hätte Sie nicht für einen Ibo gehalten. Worum handelt es sich?« Er versuchte, einen ungezwungenen Ton anzuschlagen.

»Nun, es ist folgendes. Ich habe eine Schwester, die eben ihr Schulabschlußexamen mit Note 1 bestanden hat. Sie möchte sich nun um ein staatliches Stipendium bewerben, damit sie in England studieren kann.«

Obwohl er Ibo sprach, mußte er doch einige englische Ausdrücke benutzen, wie »Abschlußexamen« und »Stipendium«. An diesen Stellen senkte er die Stimme zu einem Flüstern.

»Sie möchten also die Bewerbungsunterlagen?« fragte Obi.

»Nein, nein, die habe ich längst. Aber es ist folgendes: Man hat mir gesagt, daß Sie der Sekretär der Stipendienkommission seien, und deshalb kam mir der Gedanke, Sie aufzusuchen. Wir sind beide Ibos, und ich will Ihnen nichts verheimlichen. Es ist schön und gut, Bewerbungsformulare einzusehen, aber Sie wissen ja, wie es in unserem Land zugeht. Wenn man die Leute nicht besucht ...«

»In diesem Fall ist es nicht notwendig, irgend jemand zu besuchen. Das einzige ...«

»Eigentlich hatte ich vorgehabt, Sie zu Hause aufzusuchen, doch der Mann, der mir Ihren Namen genannt hatte, wußte nicht, wo Sie wohnen.«

»Es tut mir leid, Mr. Mark, aber ich verstehe wirklich nicht, worauf Sie hinauswollen«, sagte Obi auf englisch, sehr zu Mr. Marks Entsetzen. Wie ein Hund, der glaubt, etwas von Knochen gehört zu haben, spitzte Miss Tomlinson die Ohren.

»Es tut mir leid ... Mr. Okonkwo ... Bitte verstehen Sie mich nicht falsch. Ich weiß, hier ist nicht der geeignete Ort, um ... um ...«

»Ich denke, es erübrigt sich, dieses Gespräch weiterzuführen«, sagte Obi wiederum auf englisch. »Wenn Sie mich entschuldigen wollen, ich habe zu tun.« Er stand auf. Mr. Mark stand ebenfalls auf, murmelte ein paar Entschuldigungen und ging hinaus.

»Er hat seinen Regenschirm vergessen«, bemerkte Miss Tomlinson, als Obi an seinen Platz zurückkehrte.

»Ach du meine Güte!« Er nahm den Schirm und eilte hinaus.

Miss Tomlinson wartete gespannt darauf, was er ihr gleich erzählen werde, doch, als wäre nichts gewesen, setzte sich Obi einfach wieder an seinen Schreibtisch und nahm ein Aktenstück zur Hand. Er wußte sich beobachtet und runzelte deshalb in gespielter Konzentration die Stirn.

»Das war kurz und bündig«, sagte sie.

»Ach ja, solche Leute sind eine Plage.« Obi schaute nicht einmal auf, und die Unterhaltung versiegte.

Während des ganzen Vormittags fühlte sich Obi seltsam erhaben, nicht unähnlich jenem Gefühl, das er vor einigen Jahren in England nach seinem ersten Mädchen empfunden hatte. Sie hatte ihm unmißverständlich zu verstehen gegeben, warum sie kommen werde, als sie damals seine Einladung in seine Wohnung angenommen hatte. »Wenn du kommst, werde ich dir das Tanzen beibringen«, hatte er gesagt. »Das wäre großartig«, hatte sie eifrig erwidert, »und vielleicht die Liebe dazu?« Dabei hatte sie verschmitzt gelacht. Als der Tag dann gekommen war, hatte Obi die Angst gepackt. Er hatte sagen hören, daß man eine Frau auch enttäuschen könne. Doch er hatte sie nicht enttäuscht, und als alles vorüber war, hatte er sich seltsam erhaben gefühlt. Sie hatte gesagt, ihr sei gewesen, als wäre ein Tiger auf sie losgegangen.

Nach seinem Zusammenstoß mit Mr. Mark fühlte sich Obi tatsächlich wie ein Tiger. Mühelos hatte er seine erste Schlacht gewonnen. Alle sagten, man könne unmöglich gewinnen. Es hieß, es werde allgemein erwartet, daß man für anderen erwiesene Dienste »kola« annehme; vorher könne der andere nicht zur Ruhe kommen. Es gehe ihm wie dem unerfahrenen Raubvogel, der einmal ein Entenküken holte, worauf ihm seine Mutter befahl, das Küken wieder zurückzubringen, denn die alte Ente hatte nichts gesagt, keinen Lärm geschlagen, war nur weggelaufen, als ihr Küken gestohlen wurde. »Dieses Schweigen birgt eine große Gefahr in sich«, sagen sie; »geh und nimm einer Henne ihr Küken, und du wirst sehen, sie gackert und schimpft, und damit ist die Sache erledigt. Ein Mann, dem du einen Dienst erweist, wird es nicht verstehen, wenn du nichts sagst, keinen Lärm schlägst, einfach wegläufst. Lehnst du es ab, dich bestechen zu lassen, bekommst du möglicherweise mehr Schwierigkeiten, als wenn du das Geld nimmst. Hatte nicht ein Minister, wenn auch in einem unbedachten und alkoholisierten Augenblick, gesagt, das eigentliche Problem sei nicht, daß man Bestechungsgelder nehme, sondern daß man versäume, das zu tun, wofür man die Gelder erhalten habe. Und weigerst du dich, Geld zu nehmen, wer garantiert dir, daß nicht ein ›Bruder‹ oder ›Freund‹ das Geld in deinem Namen kassiert, nicht ohne vorher verbreitet zu haben, daß er in deinem Auftrag handele?« Alles Quatsch und Unsinn! Es war leicht, saubere Hände zu behalten. Nichts anderes war erforderlich, als sagen zu können: »Es tut mir leid, Mr. Soundso, es erübrigt sich, dieses Gespräch fortzusetzen. Guten Morgen.«

Man sollte natürlich nicht unnötig arrogant sein. Schließlich war die Versuchung nicht überwältigend groß. Doch bei aller Bescheidenheit konnte man auch nicht behaupten, sie existiere gar nicht.

Obi fand es immer mehr unmöglich, von dem zu leben, was von seinen siebenundvierzig Pfund und zehn Shilling übrigblieb, nachdem er der *Progressiven Union von Umuofia* zwanzig Pfund zurückbezahlt und seinen Eltern zehn Pfund geschickt hatte. Noch hatte er keine Ahnung, woher Johns Schulgeld für das nächste Schuljahr kommen sollte. Nein, man konnte wirklich nicht sagen, er benötige kein Geld.

Obi hatte eben zu Mittag gegessen – gestoßene Yamswurzeln mit *egusi* – und machte es sich nun auf dem Sofa bequem. Das Melonengericht war ausnehmend gut mit Fleisch und frischem Fisch zubereitet gewesen, und er hatte sich daran überessen. Immer wenn er gestoßene Yamswurzeln aß, kam er sich wie eine Boaschlange vor, die eine Ziege verschluckt hatte. Hilflos streckte er alle viere von sich und wartete darauf, daß einiges verdaut werde, damit er wieder Luft bekomme.

Draußen fuhr ein Wagen vor. Er nahm an, es wäre einer der fünf anderen Bewohner des Apartmenthauses, in dem sich insgesamt sechs Wohnungen befanden. Er kannte keinen von ihnen mit Namen und nur wenige vom Sehen. Es waren lauter Europäer. Ungefähr einmal im Monat wechselte er ein paar Worte mit dem hochgewachsenen Mann, der bei den Stadtwerken arbeitete und ihm gegenüber auf demselben Stockwerk wohnte. Aber ihre Gespräche hatten nichts damit zu tun, daß sie dasselbe Stockwerk bewohnten. Der Mann war für die gemeinsamen Grünanlagen verantwortlich und sammelte monatlich von jedem Bewohner zehneinhalb Shilling ein, um den Gärtner zu bezahlen. Daher kannte Obi diesen Mann. Er kannte auch einen, der über ihm wohnte und regelmäßig am Samstagabend eine schwarze Prostituierte mit nach Hause brachte.

Der Wagen fuhr wieder weg. Es war eindeutig ein Taxi

gewesen, denn nur Taxifahrer konnten ihre Motoren so aufheulen lassen. Es klopfte schüchtern an die Tür. Wer mochte das wohl sein? Clara hatte Dienst an jenem Nachmittag. Vielleicht Joseph? Seit Monaten hatte Joseph versucht, den warmen und glücklichen Platz an Obis Herzen, den er bei jener unseligen Versammlung der *Progressiven Union von Umuofia* verloren hatte, wiederzugewinnen. Er hatte die Untat begangen, den Präsidenten ganz im Vertrauen von Obis Verlobung mit einem Mädchen aus verbotener Familie zu unterrichten. Er hatte Obi um Vergebung angefleht: Er habe den Präsidenten doch nur deswegen vertraulich informiert, weil er hoffte, dieser würde in seiner Eigenschaft als Vater der Umuofianer in Lagos in einem Gespräch unter vier Augen auf Obi einwirken.

»Schon gut«, hatte Obi gesagt. »Vergessen wir es.« Aber er hatte es nicht vergessen, und er hatte seine Besuche in Josephs Wohnung eingestellt. Und was Clara betraf, so wollte sie nicht, daß ihr Joseph jemals wieder unter die Augen käme. Die Intensität ihres Hasses verwunderte und erschreckte Obi bisweilen, da er wußte, wie sehr sie Joseph früher gemocht hatte. Jetzt war er in ihren Augen plötzlich neidisch, schlüpfrig, ja er war sogar imstande, Obi zu vergiften. Wie ein Bad in Palmwein bei ausbrechenden Masern hatte dieser Zwischenfall einen häßlichen Ausschlag ans Licht gebracht.

Mit sehr finsterer Miene ging Obi zur Tür und öffnete. Anstelle von Joseph stand ein Mädchen draußen.

»Guten Tag«, sagte er, völlig verwandelt.

»Ich suche Mr. Okonkwo«, sagte sie.

»Den sehen Sie hier vor sich. Kommen Sie herein«, gab er fröhlich zurück. Sein plötzlicher Stimmungswandel überraschte ihn selbst – schließlich war ihm das Mädchen völlig unbekannt, allerdings eine höchst attraktive Unbekannte. Also zog er die Hörner ein.

»Bitte nehmen Sie Platz. Übrigens, kennen wir uns?«

»Nein. Ich bin Elsie Mark.«

»Ich freue mich, Sie kennenzulernen, Miss Mark.«

Sie öffnete den Mund zu einem überaus köstlichen Lächeln und gab eine vollkommene Reihe makelloser Zähne preis. Zwischen den beiden oberen Schneidezähnen klaffte eine kleine Lücke, ähnlich wie bei Clara. Jemand hatte einmal gesagt, Mädchen mit solchen Zähnen seien sehr heißblütig. Obi setzte sich. Er war nicht so befangen wie sonst gegenüber Mädchen, und doch wußte er nicht, was er als nächstes sagen sollte.

»Mein Besuch überrascht Sie bestimmt.« Sie sprach jetzt Ibo.

»Ich wußte nicht, daß Sie Ibo sind.« Im selben Augenblick fiel es ihm wie Schuppen von den Augen, und damit war seine fröhliche Stimmung verschwunden. Das Mädchen hatte wohl eine Veränderung in seiner Miene oder vielleicht eine Handbewegung bemerkt, denn sie vermied seinen Blick, und ihre Worte kamen nur zögernd. Mit einem vorsichtigen Schritt nach dem anderen untersuchte sie den schlüpfrigen Untergrund, auf dem sie sich bewegte, ehe sie ihm ihren Körper ganz anvertraute.

»Es tut mir leid, daß mein Bruder Sie im Büro aufgesucht hat. Ich hatte ihn gebeten, es nicht zu tun.«

»Das ist ganz in Ordnung«, hörte sich Obi sagen. »Ich habe ihm gesagt, daß ... daß Sie mit ihrer Abschlußnote 1 eine sehr gute Chance hätten. Es hängt wirklich nur von Ihnen selbst ab, welchen Eindruck Sie bei dem Interview auf die Ausschußmitglieder machen.«

»Das Wichtigste ist ja wohl«, warf sie ein, »sicher zu sein, daß ich überhaupt ausgewählt werde, vor dem Ausschuß zu erscheinen.«

»Ja, aber wie ich Ihnen eben sagte, haben Sie nicht schlechtere Chancen als andere.«

»Aber Leute mit Note 1 müssen manchmal zugunsten derer mit Note 2 oder gar mit Note 3 zurücktreten.«

»Das kommt zweifellos manchmal vor. Doch im großen und ganzen wird nach dem Gleichheitsprinzip verfahren ... Entschuldigen Sie, ich habe Ihnen nichts zu trinken angeboten. Ich bin ein schlechter Gastgeber. Darf ich Ihnen eine Coca-Cola bringen?« Ihre Augen lächelten scheu. »Ja?« Er eilte zum Kühlschrank und holte eine Flasche heraus. Er brauchte lange, bis er sie geöffnet und den Inhalt in ein Glas gegossen hatte. Er dachte fieberhaft nach.

Sie nahm das Glas entgegen und lächelte zum Dank. Sie mußte siebzehn oder achtzehn Jahre alt sein. Ein kleines Mädchen, dachte Obi, und schon so erfahren in den Dingen dieser Welt. Lange saßen sie schweigend.

»Im vergangenen Jahr«, sagte sie plötzlich, »hat keine einzige aus unserer Schule mit Note 1 ein Stipendium bekommen.«

»Vielleicht machten sie vor dem Ausschuß keinen guten Eindruck.«

»Nein, das war nicht der Grund. Es war, weil sie die Ausschußmitglieder nicht zu Hause besucht hatten.«

»Sie beabsichtigen also, die Ausschußmitglieder aufzusuchen?«

»Ja.«

»Ist denn ein Stipendium so wichtig? Warum bezahlt nicht ein Verwandter Ihr Studium?«

»Unser Vater hat sein ganzes Geld für meinen Bruder ausgegeben. Er studierte zuerst Medizin, bestand aber die Prüfungen nicht. Dann wollte er Ingenieur werden und fiel wieder durch. Er war zwölf Jahre lang in England.«

»War das der Mann, der mich heute früh besuchte?« Sie nickte.

»Womit verdient er seinen Lebensunterhalt?«

»Er unterrichtet an einer staatlichen Schule.« Sie sah jetzt sehr traurig aus. »Er kam Ende letzten Jahres zurück, weil unser Vater starb und wir kein Geld mehr hatten.«

Sie tat Obi sehr leid. Offensichtlich war sie ein intelligentes Mädchen, die, wie so viele andere junge Nigerianer, entschlossen eine Universitätsbildung anstrebte. Wer konnte ihr das verübeln? Obi wäre der letzte gewesen. Es war reine Heuchelei, sie zu fragen, ob denn ein Stipendium gar so wichtig sei oder ob sich ein Universitätsstudium für sie lohne. Jedem Nigerianer war die Antwort klar. Sie lautete: Ja.

Ein Universitätsabschluß war der Stein der Weisen. Er verwandelte einen drittklassigen Angestellten mit hundertfünfzig Pfund im Jahr in einen Beamten im höheren Staatsdienst mit fünfhundertsiebzig Pfund im Jahr, mit Dienstwagen und einer luxuriös eingerichteten Wohnung für lächerlich geringe Miete. Und diese Kluft, was Gehalt und Vergünstigungen anbelangte, besagte noch längst nicht alles. Einen »europäischen Posten« zu bekleiden war fast so gut, wie selbst ein Europäer zu sein. Es ließ einen Mann aus der Masse in eine Elite aufsteigen, deren *small talk* auf den Cocktailpartys sich nur um eine Frage drehte: »Was macht dein Auto?«

»Bitte, Mr. Okonkwo, Sie müssen mir helfen! Ich werde alles tun, was Sie von mir wollen.« Sie vermied seinen Blick. Ihre Stimme war ein wenig unsicher, und er meinte eine Spur von Tränen in ihren Augen bemerkt zu haben.

»Es tut mir leid, wirklich aufrichtig leid, doch ich sehe keine Möglichkeit, Ihnen irgend etwas zu versprechen.«

Draußen fuhr mit kreischenden Bremsen noch ein Wagen vor – herein kam Clara, wie üblich mit einem Schlager auf den Lippen. Unvermittelt blieb sie stehen, als sie das Mädchen sah.

»Hallo, Clara, das ist Miss Mark.« »Sehr erfreut«, sagte sie steif und nickte leicht mit dem Kopf. Sie gab ihr nicht die Hand. »Wie hat dir das *egusi*-Gericht geschmeckt?« fragte sie Obi. »Ich fürchte, ich habe es sehr hastig zubereitet.«

Clara wollte mit diesen beiden kurzen Sätzen für das fremde Mädchen ein paar Dinge eindeutig klarstellen. Zum einen gab sie ihr durch ihren hochgestochenen Akzent, der so gar nicht nigerianisch war, zu verstehen, daß sie eine *Dort-Gewesene* war. Man konnte eine *Dort-Gewesene* nicht nur an ihrer Aussprache, sondern auch an ihrer Art zu gehen erkennen – kurze, schnelle Schritte anstelle des normalen, gemächlichen Ganges. In Gesellschaft ihrer weniger glücklichen Schwestern fand Clara stets einen Vorwand, ein »Als ich in England war ...« einfließen zu lassen. Zum anderen schien ihr besitzergreifendes Gebaren dem Mädchen zu signalisieren: »Du solltest es lieber anderswo versuchen!«

»Ich dachte, du hättest Dienst heute nachmittag.«

»Das war ein Versehen, ich habe heute frei.«

»Warum bist du dann weggegangen, nachdem du das Essen gekocht hattest?«

»Ach, da war soviel Wäsche zu erledigen. Bietest du mir eigentlich nichts zu trinken an? O. K., ich kann mir ja selbst was holen.«

»Verzeih mir, Liebling – komm, setz dich, ich gehe ja schon.«

»Nein, zu spät.« Sie ging zum Kühlschrank und holte ein Ingwerbier heraus. »Wo ist das andere? fragte sie. »Es waren doch zwei Flaschen da.«

»Hast du nicht gestern eins getrunken?«

»Wirklich? Ach ja, jetzt erinnere ich mich.« Sie kam zurück und ließ sich neben Obi aufs Sofa fallen. »Meine Güte, ist das heiß heute.«

»Ich glaube, ich muß mich auf den Weg machen«, sagte Miss Mark.

»Es tut mir leid, daß ich Ihnen nichts Festes versprechen kann«, sagte Obi und stand auf. Sie antwortete nicht, lächelte nur traurig.

»Wie kommen Sie in die Stadt zurück?«

»Vielleicht finde ich ein Taxi.«

»Ich fahre Sie schnell hinunter zum Tinubu Square. Hier

draußen sind Taxis sehr selten. Komm, Clara, wir bringen sie nach Tinubu.«

»Es tut mir leid, daß ich so ungelegen kam«, sagte Clara, als sie vom Tinubu Square nach Ikoyi zurückfuhren.

»Das ist ja lächerlich – was meinst du mit ›ungelegen‹?«

»Du dachtest, ich hätte Dienst.« Sie lachte. »Tut mir leid. Wer ist sie überhaupt? Ich muß schon sagen, sie sieht sehr gut aus. Und da kam ich und habe dir die Suppe versalzen. Ich bitte um Entschuldigung, mein Lieber!«

Obi sagte, sie solle sich nicht wie ein dummes kleines Mädchen aufführen. »Ich werde nicht ein einziges Wort mehr mit dir reden, wenn du jetzt nicht den Mund hältst«, sagte er.

»Du brauchst ja nicht zu reden, wenn du nicht willst. Wollen wir eben bei Sam reinschauen und ihm guten Tag sagen?«

Als sie dort ankamen, war der Minister nicht zu Hause, sondern bei einer Kabinettssitzung.

»Wollen Master und Madam was trinken?« fragte der Hausdiener.

»Mach dir keine Mühe, Samson. Sag nur dem Minister, daß wir hier waren.«

»Sie kommen wieder?« fragte Samson.

»Nicht heute.«

»Wollen Sie wirklich nicht was Kleines trinken?«

»Nein, vielen Dank. Wir werden was trinken, wenn wir wiederkommen. *Bye-bye.*«

Als sie wieder in Obis Wohnung waren, sagte er: »Ich habe heute etwas sehr Interessantes erlebt.« Und dann erzählte er ihr von Mr. Marks Besuch im Büro und berichtete ihr in allen Einzelheiten, was sich zwischen ihm und Miss Mark abgespielt hatte, ehe sie gekommen war.

Als er zu Ende erzählt hatte, sagte Clara eine ganze Weile nichts.

»Nun, bist du jetzt zufrieden?«

»Ich glaube, du warst zu streng mit dem Mann«, antwortete sie.

»Hätte ich ihn denn ermutigen sollen, mir seine Bestechungsabsichten mitzuteilen?«

»Schließlich ist es weniger schlimm, Geld anzubieten, als seinen Körper anzubieten. Und doch hast du ihr einen Drink gegeben und sie in die Stadt zurückgefahren.« Sie lachte. »So geht's zu auf der Welt!«

Obi wurde sehr nachdenklich.

Zehntes Kapitel

Vor einem Jahr hatte Mr. Green einen kurzen Augenblick lang für Obis persönliche Angelegenheiten Interesse gezeigt – wenn man es überhaupt Interesse nennen konnte. Obi hatte soeben seinen neuen Wagen in Empfang genommen.

»Sie werden gut daran tun, nicht zu vergessen«, sagte Mr. Green, »daß Sie jedes Jahr um diese Zeit aufgefordert werden, vierzig Pfund für die Versicherung auf den Tisch zu legen.« Er schien mit der Stimme Joels, des Sohnes Petuels, zu sprechen. »Natürlich geht mich das eigentlich überhaupt nichts an. Doch in einem Land, in dem selbst die Gebildeten noch nicht so weit sind, daß sie über den nächsten Tag hinaus denken, hat man eine Verantwortung.« Das Wort »die Gebildeten« roch aus seinem Mund wie Erbrochenes. Obi dankte ihm für seinen Rat.

Und nun war der Tag der Wahrheit gekommen. Obi legte die Jahresabrechnung der Versicherung vor sich auf den Tisch. Zweiundvierzig Pfund! Er hatte wenig mehr als dreizehn Pfund auf dem Konto. Er faltete den Brief zusammen und legte ihn in eines seiner Schubfächer, in dem er seinen persönlichen Kram wie Briefmarken, Quittungen und die vierteljährlichen Kontoauszüge der Bank aufbewahrte. Sein Blick fiel auf einen in ungelenkter und fehlerhafter Handschrift geschriebenen Brief. Er nahm ihn zur Hand und las ihn noch einmal.

Sir,

Es ist außerordentlich bedauerlich für mich, da ich Sie respektvoll bitten muß, mir mit Hilfe beizustehen. Einerseits sieht es für mich schändlich aus, Sie um diese Hilfe zu bitten, aber wenn ich zu mir selbst aufrichtig bin und die Wahrheit so ist, daß ich in Not bin, dann wollen

Sie mir bitte verzeihen. Meine Nachfrage ist um 30/– (dreißig Shilling), und ich versichere Ihnen in aller Wahrheit, die Rückzahlung prompt zu erledigen am Zahltag, dem 26. November 1957.
Ich wünsche Ihre beste Hochachtung.
Ihr gehorsamer Diener
Charles Ibe.

Obi hatte diesen Brief längst vergessen. Kein Wunder, daß Charles zur Zeit in sein Büro herein- und wieder hinausflitzte, ohne auch nur einen Augenblick zu verweilen und Grüße in Ibo auszutauschen. Charles arbeitete als Bote in Obis Abteilung. Obi hatte ihn damals gefragt, wo es denn fehle, und er hatte geantwortet, daß seine Frau eben ihr fünftes Kind geboren habe. Obi, der zufällig vier Pfund bei sich hatte, hatte ihm sofort dreißig Shilling geliehen und dann die ganze Angelegenheit vergessen – bis jetzt. Er ließ Charles rufen und fragte ihn in Ibo (damit Miss Tomlinson ihn nicht verstünde), warum er sein Versprechen nicht gehalten habe. Charles kratzte sich am Kopf und erneuerte sein Versprechen, diesmal für Ende Dezember.

»Es wird mir schwerfallen, dir zukünftig zu vertrauen«, sagte Obi auf englisch.

»Ah nein, Master, so bin ich nicht. Werde prompt am 31. bezahlen.«

Dann wechselte er in seine eigene Sprache. »Unser Volk kennt ein Sprichwort, in dem es heißt, daß eine Schuld wohl Schimmel ansetzen, doch nie verfaulen kann. Hier in unserer Abteilung arbeiten noch viele andere Menschen, aber die habe ich nicht um Geld gebeten. Ich bin zu Ihnen gekommen.«

»Das war sehr freundlich von dir«, sagte Obi und wußte dabei nur zu gut, daß er nicht verstanden würde. Und so war es auch.

»Ja, hier sind viele andere Menschen, aber ich habe keinen

um Geld gebeten. Ich betrachte Sie als meinen besonderen Chef. In einem Sprichwort unseres Volkes heißt es: Kleine Bäume klettern auf den Rücken der großen, um zur Sonne zu gelangen. An Jahren sind Sie ein kleiner Junge, aber ...«

»O. K. Charles, Ende Dezember. Sollte es wieder nicht klappen, muß ich Mr. Green informieren.«

»Ha, das wird auf alle Fälle klappen. Meinem Master tu ich das nicht an. Wen frag' ich sonst das nächste Mal?«

Mit dieser rhetorischen Wendung war das Thema vorerst abgeschlossen. Obi schaute sich Charles' Brief noch einmal an und sah mit bitterer Belustigung, daß er ursprünglich geschrieben hatte: »Meine Nachfrage ist nur um 30/– (dreißig Shilling)«; das »nur« war dann offenbar nach reiflicher Überlegung ausgestrichen worden.

Er warf den Brief in das Schubfach zurück, wo er die Nacht in Gesellschaft der Versicherungsrechnung verbringen mochte. Es blieb Obi nichts anderes übrig, als am nächsten Morgen zur Bank zu gehen und darum zu bitten, sein Konto um fünfzig Pfund zu überziehen. Er hatte gehört, daß es für einen Beamten im höheren Dienst, dessen Gehalt direkt überwiesen wurde, kein Problem sei, sein Konto in dieser Größenordnung zu überziehen. Bis dahin hatte es wenig Sinn, weiter darüber nachzudenken. Unter solchen Umständen war Charles' Einstellung zweifellos die gesündeste. Wenn man nicht lachte, müßte man eigentlich weinen. Nigeria existierte anscheinend wirklich.

Doch soviel Obi auch philosophierte, seine Gedanken waren von dieser Rechnung nicht abzubringen. »Keiner kann mir vorwerfen, daß ich ausschweifend gelebt hätte. Hätte ich nicht Ende des vergangenen Monats fünfunddreißig Pfund für Mutters Behandlung in einem Privatkrankenhaus nach Hause geschickt, wäre alles in Ordnung – wenn auch nicht ganz in Ordnung, so hätte ich mich doch zumindest über Wasser gehalten. Wie dem auch sei, ich werde schon durchkommen«, tröstete er sich. »Es war vorauszusehen, daß der Anfang ein wenig schwierig sein würde. Wie sagt man bei uns? Weinen fällt am Anfang schwer. Kein besonders fröhliches Sprichwort, doch trotzdem wahr.«

Hätte ihm die *Progressive Union von Umuofia* vier Monate Aufschub gewährt, wäre vielleicht alles anders gekommen. Doch das war nun ein für allemal vorbei. Er hatte seinen Streit mit der *Union* beigelegt. Sie hatten es ganz offensichtlich nicht böse gemeint. Und selbst wenn dem so gewesen wäre, hatte dann der Präsident nicht recht, als er bei der Versöhnungsversammlung sagte, daß Ärger mit einem Verwandten wohl ins Fleisch schneide, doch nicht bis ins Mark durchzudringen vermöge? Die *Union* hatte ihn dringend gebeten, die vier Monate Aufschub ab sofort anzunehmen, doch er hatte das Angebot mit der Lüge abgelehnt, daß seine Verhältnisse sich inzwischen verbessert hätten.

Betrachtete man das Ganze objektiv – als beträfe es Mr. B. und nicht einen selbst –, konnte man es dann diesen armen Männern verübeln, daß sie es einem Beamten aus dem höheren Dienst vorwarfen, wenn er sich weigerte, zwanzig Pfund im Monat zu bezahlen? Sie hatten sich selbst die härtesten Lasten auferlegt, um achthundert Pfund für sein Studium in England aufzubringen.

Manche von ihnen verdienten gerade fünf Pfund im Monat. Er verdiente fast fünfzig. Sie hatten Ehefrauen und schulpflichtige Kinder; er hatte weder das eine noch das andere. Nach Rückzahlung der zwanzig Pfund blieben ihm noch dreißig. Und in nächster Zeit würde er eine Gehaltserhöhung bekommen, die allein soviel ausmachte wie das Gehalt, das so mancher von ihnen bekam.

Obi mußte zugeben, daß seine Leute beachtliche Gründe für ihre Einstellung hatten. Sie wußten allerdings nicht, daß sie, nachdem sie sich im Schweiße ihres Angesichts abgemüht hatten, um ihren Bruder in den glanzvollen Reihen der Elite unterzubringen, nun auch für sein Verbleiben dort

Sorge tragen mußten. Jetzt, wo sie ihn zum Mitglied eines exklusiven Clubs gemacht hatten, dessen Mitglieder sich mit »Was macht dein Wagen?« begrüßten, erwarteten sie da von ihm, daß er zur Antwort gäbe: »Tut mir leid – mein Wagen fährt nicht mehr, denn ich konnte die Versicherungsprämie nicht bezahlen?« Es war völlig undenkbar, sie dermaßen zu enttäuschen. Fast so undenkbar wie ein Maskengeist der alten Ibo-Gesellschaft, der auf den esoterischen Gruß eines anderen Geistes antwortet: »Tut mir leid, mein Freund, ich verstehe deine seltsame Sprache nicht. Ich bin bloß ein Mensch, der eine Maske trägt.« Nein, so weit durfte es nicht kommen.

Das Volk der Ibo, das für seinen Gerechtigkeitssinn bekannt ist, hat ein Sprichwort geprägt, in dem es heißt, daß es nicht recht sei, einem Mann, der an Elefantiasis der Hoden leidet, auch noch die Pocken aufzubürden, wo Tausende anderer noch nicht einmal ihren Anteil an kleinen Krankheiten abbekommen haben. Ohne Zweifel ist das nicht gerecht. Doch so etwas kommt vor. »So ist das Leben«, heißt es dann.

Nachdem er mit der Bank um ein Darlehen von fünfzig Pfund verhandelt und die Summe direkt an die Versicherungsgesellschaft weitergeleitet hatte, kehrte Obi in sein Büro zurück, nur um dort seine Stromrechnung für November vorzufinden. Als er den Brief öffnete, war er den Tränen sehr nahe. Fünf Pfund sieben Shilling und drei Pence.

»Ist was passiert?« fragte Miss Tomlinson.

»Ach nein, nichts.« Dann nahm er sich zusammen. »Es ist nur meine Stromrechnung.«

»Wieviel müssen Sie im Monat dafür rechnen?«

»Diesmal sind es fünf Pfund sieben Shilling und drei Pence.«

»Was einem hier für Strom aus der Tasche geholt wird, ist

reiner Diebstahl. In England würde man für ein ganzes Vierteljahr weniger bezahlen.«

Obi stand der Sinn nicht nach Vergleichen. Das plötzliche Erschrecken über die Versicherungsrechnung hatte ihn wachgerüttelt und ihm die Augen für die nackten Tatsachen seiner finanziellen Lage geöffnet. Er hatte die Aussichten für die kommenden Monate überprüft und ziemlich alarmierend gefunden. Ende des Monats mußte die Zulassung für den Wagen erneuert werden. Eine Zulassung für ein ganzes Jahr kam überhaupt nicht in Frage, wo doch ein Vierteljahr allein schon vier Pfund kostete. Und dann die Reifen. Vielleicht konnte er die Erneuerung der Reifen um weitere vier Wochen hinausschieben, aber sie waren jetzt schon so glatt wie der Schlauch. Alle fanden es seltsam, daß seine ersten Reifen nicht zwei Jahre oder zumindest anderthalb Jahre gehalten hatten. An vier neue Reifen zu dreißig Pfund war überhaupt nicht zu denken. Also mußte er einen nach dem anderen runderneuern lassen, angefangen mit dem Ersatzreifen. Das würde die Kosten um die Hälfte verringern. Sie würden dann wahrscheinlich nur ein halbes Jahr halten, wie Miss Tomlinson ihm gesagt hatte. Doch ein halbes Jahr reichte vielleicht aus, um seine Lage ein wenig zu verbessern. Niemand hatte Obi bis jetzt etwas von der Einkommensteuer gesagt. Das würde auch noch auf ihn zukommen, doch bis dahin waren noch zwei Monate Zeit.

Sobald er sein Mittagessen beendet hatte, machte er sich unverzüglich daran, durchgreifende wirtschaftliche Sparmaßnahmen in seiner Wohnung einzuführen. Sebastian, sein neuer Hausdiener, hörte sich gelassen alles an und fragte sich sicher, was wohl über seinen Herrn gekommen sei. Als erstes hatte er beim Mittagessen beanstandet, daß zuviel Fleisch in der Soße sei.

»Wie du weißt, bin ich kein Millionär«, hatte er gesagt. Weiß Gott, dachte Sebastian, wenn Clara die Soße selbst kocht, gibt sie doppelt soviel Fleisch hinein!

»Und in Zukunft«, fuhr Obi fort, »werde ich dir nur so viel Geld geben, daß du genau einmal in der Woche zum Markt gehen kannst.«

Auf jeden Lichtschalter in der Wohnung kamen zwei Glühbirnen. Obi machte sich daran, den Bestand auszudünnen. In Zukunft hieß die Regel: ein Schalter, eine Birne. Er hatte sich oft gefragt, wozu man im Badezimmer und in der Toilette zwei Lampen benötigte. Typisch staatliche Planung. In dem Betontreppenhaus in der Mitte des Wohnblocks gab es überhaupt kein Licht, was dazu führte, daß man dort oft mit anderen Bewohnern zusammenstieß oder eine Stufe übersah und stolperte. In der Toilette dagegen, wo ohnehin keiner genau hinschauen wollte, gab es zwei Lampen.

Nachdem die Lampenangelegenheit geregelt war, wandte sich Obi wieder Sebastian zu. »In Zukunft wird der Warmwasserboiler nicht mehr angestellt. Ich werde kalt baden. Außerdem wird der Kühlschrank abends um sieben Uhr abgeschaltet und erst um zwölf Uhr mittags wieder eingeschaltet. Hast du verstanden?«

»Ja, Sir. Aber das Fleisch wird doch schlecht?«

»Du brauchst nicht soviel Fleisch auf einmal einzukaufen.«

»Ja, Sir.«

»Immer nur ein bißchen, wenn es alle ist, wieder ein bißchen.«

»Ja, Sir. Aber Sie haben gesagt, ich soll nur einmal in der Woche auf den Markt.«

»Nichts dergleichen habe ich gesagt. Nur daß ich dir nur einmal Geld geben werde.«

Diesmal hatte Sebastian verstanden. »Kommt aufs gleiche raus. Anstatt zweimal, geben Sie mir jetzt nur einmal Geld.«

Obi wußte, daß er nicht sehr weit kommen würde, wenn er die Sache bloß abstrakt verhandelte.

An jenem Abend hatte er eine ernsthafte Auseinandersetzung mit Clara. Er hatte nicht vorgehabt, ihr etwas von dem Darlehen zu sagen, doch sobald sie ihn sah, fragte sie, was los sei. Er versuchte, sie mit vagen Entschuldigungen abzuspeisen, doch er hatte sich nicht vorbereitet, deshalb verfing es bei ihr nicht. Claras Art, irgend etwas aus ihm herauszulocken, war, nicht zu streiten, sondern zu schweigen. Und da sie normalerweise, wenn sie beieinander waren, dreimal soviel redete wie er, lastete das Schweigen bald unerträglich auf ihnen. Obi pflegte dann zu fragen, was los sei, und normalerweise war das wiederum der Auftakt dafür, daß Clara ihren Willen durchsetzte.

»Warum hast du mir nichts davon gesagt?« fragte sie, nachdem er ihr alles erzählt hatte.

»Weil es nicht nötig war. In fünf monatlichen Raten kann ich es leicht zurückzahlen.«

»Darum geht es ja gar nicht. Du willst nicht, daß ich erfahre, wenn du in Schwierigkeiten bist.«

»Ich war überhaupt nicht in Schwierigkeiten. Ich hätte gar nicht davon gesprochen, wenn du mich nicht so gedrängt hättest.«

»Ach so«, war alles, was sie erwiderte. Sie stand auf, nahm eine Frauenzeitschrift vom Fußboden und begann zu lesen.

Nach einigen Minuten bemerkte Obi mit gekünstelter Fröhlichkeit: »Es ist sehr unhöflich, zu lesen, wenn man Besuch hat.«

»Du hättest ja wissen können, daß ich sehr schlecht erzogen bin.« Jede Anspielung auf ihre Familie war ein sehr heikles Unterfangen und endete oft in Tränen. Sogar jetzt begannen ihre Augen zu glänzen.

»Clara«, sagte er und legte den Arm um sie. Sie war bis zum äußersten angespannt. »Clara.« Sie antwortete nicht. Mechanisch blätterte sie die Seiten der Illustrierten um. »Ich verstehe nicht, warum du Streit haben willst.« Sie sagte keinen Ton. »Dann ist es wohl besser, wenn ich gehe.«

»Ja, das ist es wohl.«

»Clara, es tut mir sehr leid.«

»Was denn? Laß mich in Ruhe, *ojare*.« Sie schob seinen Arm weg.

Obi blieb noch einen Augenblick lang sitzen und starrte auf den Fußboden.

»Nun gut.« Er sprang auf. Clara blieb, wo sie war, und blätterte die Seiten um.

»Tschüs.«

»Auf Wiedersehen.«

Als er in die Wohnung zurückkam, wies er Sebastian an, kein Abendessen zu kochen.

»Ich hab schon angefangen!«

»Dann hör auf«, schrie er ihn an und ging in sein Schlafzimmer. Er blieb einen Augenblick stehen und betrachtete Claras Bild, das auf der Kommode stand. Er legte es mit dem Gesicht nach unten auf die Kommode, dann zog er sich aus. Er warf sich das Baumwolltuch, mit dem er sich zuzudecken pflegte, wie eine Toga über die Schultern und ging ins Wohnzimmer zurück, um sich ein Buch zu holen. Er ließ seinen Blick einige Male die Regale entlangwandern, ohne sich zu entschließen, was er lesen wollte. Dann blieb sein Blick an einem Band gesammelter Gedichte von A.E. Housman haften. Er nahm ihn heraus und ging ins Schlafzimmer zurück. Dort stellte er Claras Bild wieder auf, dann legte er sich aufs Bett.

Er öffnete das Buch an einer Stelle, an der ein zerschlissener, vom Staub geschwärzter Zettel herausragte. Darauf stand ein Gedicht geschrieben. Es hieß »Nigeria«.

Gott segne unser edles Land,
Du Land der Väter, Land im Sonnenlicht;
Den Weg des Friedens wählt der tapfren Männer Hand
Auf ihm dem Sieg der Freiheit nichts gebricht.

Daß uns erhalten bleib ein lautres Herz,
Daß Lebenslust uns bleib und froher Scherz.
Gott segne unserm edlen Volk das Leben,
Männern und Frauen überall;
Lehr sie geeint nach einem Ziel zu streben –
Eine Nation nach unsres Herzens Wahl.
Vergessen sei Region, Sprach oder Stamm,
Daß einer stets dem andern tue Gutes an.

Darunter stand »London, Juli 1955«. Obi lächelte, legte das Blatt Papier dorthin zurück, wo er es gefunden hatte, und begann sein Lieblingsgedicht »Osterhymne« zu lesen.

Elftes Kapitel

Obi stand nun in bestem Einvernehmen mit Miss Tomlinson.

Von dem Tag an, als sie sich so entzückt von Clara gezeigt hatte, hatte seine Wachsamkeit mehr und mehr nachgelassen. Er nannte sie nun Marie, und für sie war er Obi.

»Miss Tomlinson hört sich so geschwollen an«, hatte sie eines Tages gesagt. »Warum nicht schlicht und einfach Marie?«

»Das wollte ich auch schon vorschlagen. Aber eine schlichte und einfache Marie sind Sie ja nun gerade nicht – Sie sind genau das Gegenteil von schlicht.«

»Oh«, sagte sie und warf kokett den Kopf zurück. »Vielen Dank.« Dann stand sie auf und deutete einen Knicks an.

Über vieles unterhielten sie sich sehr offen. Immer wenn es nichts Dringendes zu tun gab, pflegte Marie sich mit übereinandergelegten Armen auf ihre Schreibmaschine aufzustützen. In dieser Stellung verblieb sie, bis Obi von seiner Arbeit aufblickte.

Meistens war Mr. Green der Gegenstand ihrer Gespräche oder zumindest der Anlaß, eines anzufangen. Einmal begonnen, konnte es jede beliebige Richtung einschlagen.

»Gestern war ich zum Tee bei den Greens eingeladen«, sagte sie zum Beispiel. »Sie sind ein ganz reizendes Ehepaar. Zu Hause ist er ein völlig anderer Mensch. Weißt du, daß er das Schulgeld für den Sohn seines Hausangestellten bezahlt? Andererseits sagt er die unerhörtesten Dinge über gebildete Afrikaner.«

»Ich weiß«, sagte Obi. »Er wäre ein sehr interessanter Fall für einen Psychologen. Charles – du weißt doch, unser Bote – erzählte mir, daß ihn der Verwaltungsassistent vor einiger Zeit entlassen wollte, weil er im Büro geschlafen hatte. Als die Sache jedoch an Mr. Green weitergeleitet wurde, nahm er die Beschwerde aus Charles' Personalakte heraus. Er sagte, der arme Mann müsse wohl an Malaria leiden, und brachte ihm am nächsten Tag ein Röhrchen Chinintabletten.«

Marie schickte sich eben an, mit einem weiteren Baustein die Rekonstruktion eines seltsamen Charakters zu vervollständigen, als Mr. Green sie zum Diktat holen ließ. Sie hatte soeben erzählt, daß er ein sehr frommer Christ sei, Presbyter in der *Colonial Church*.

Obi mußte sich schon seit längerer Zeit eingestehen, daß Mr. Green, wie unsympathisch er ihm auch sein mochte, trotz allem einige bewundernswerte Qualitäten aufzuweisen hatte. Da war zum Beispiel sein Pflichtbewußtsein. Ob Regen oder Sonnenschein – Mr. Green war bereits eine halbe Stunde vor Arbeitsbeginn in seinem Büro anzutreffen und arbeitete oft bis lange nach Büroschluß um zwei Uhr nachmittags oder kam am Abend noch einmal zurück. Obi konnte das nicht verstehen. Hier gab es einen Mann, der nicht an das Land glaubte, in dem er lebte, und doch so hart für es arbeitete. Glaubte er einfach an die Pflicht als Forderung der Vernunft? Er schob ununterbrochen einen Besuch bei seinem Zahnarzt hinaus, weil, wie er immer sagte, noch eine dringende Arbeit auf ihn warte. Er verhielt sich, als wäre er mit einer großen und erhabenen Aufgabe betraut worden, die vor dem Eintritt einer endgültigen Katastrophe erfüllt sein mußte. Seine Haltung erinnerte Obi an etwas, das er einmal über Mohammed Ali von Ägypten gelesen hatte, der im hohen Alter fieberhaft tätig war, um vor seinem Tod sein Land zu modernisieren.

Im Fall von Green war schwierig zu ermessen, auf welchen Zeitpunkt er hinarbeitete, es sei denn, es war die Unabhängigkeit Nigerias. Angeblich hatte er seinen Rücktritt eingereicht, als vermutet wurde, daß Nigeria 1956 unabhängig werden könnte. Schließlich kam es doch anders, und Mr. Green konnte überredet werden, sein Rücktrittsgesuch zurückzuziehen.

Ein äußerst ungewöhnlicher Charakter, sinnierte Obi und zeichnete Köpfe auf das Löschpapier seiner Schreibunterlage. Einen Hemdkragen hatte er noch nie richtig zeichnen können. Ja, ein höchst interessanter Charakter. Eindeutig liebte er Afrika, doch nur ein bestimmtes Afrika – das Afrika von Charles, dem Büroboten, das Afrika seines Gartengehilfen und seines Hausgehilfen. Er mußte wohl Ideale gehabt haben, als er damals nach Afrika gekommen war – Licht in das Herz der Finsternis zu bringen, zu den Kopfjägern der wilden Stämme, die unheimliche Zeremonien und unaussprechliche Riten vollzogen.

Doch als er kam, trieb Afrika ein falsches Spiel mit ihm. Wo war der heißgeliebte Busch, in dem es von Menschenopfern wimmelt? Hier kam der hl. Georg, geharnischt und hoch zu Roß, doch wo war der Drache? Um 1900 hätte man Mr. Green wohl in den Reihen der großen Missionare gefunden; 1935 hätte er sich damit begnügt, Schulleiter in Gegenwart ihrer Schüler zu ohrfeigen; doch 1957 blieb ihm nichts anderes übrig, als zu schimpfen und zu fluchen.

In einer plötzlichen Eingebung mußte Obi an Joseph Conrad denken, den er für seine Examensarbeit gelesen hatte: »Durch einfache Willensanstrengung können wir eine praktisch unbegrenzte Kraft zum Guten ausüben.«

Das sagte Mr. Kurtz, ehe das Herz der Finsternis von ihm Besitz ergriff. Danach hatte er geschrieben: »Alle Unmenschen müssen ausgerottet werden.«

Die Übereinstimmung war natürlich nicht vollkommen. Kurtz war der Finsternis verfallen, Green der aufkommenden Morgendämmerung. Doch Anfang und Ende glichen einander. »Ich muß einen Roman über die Tragödie der Greens dieses Jahrhunderts schreiben«, dachte Obi und war mit seiner Analyse sehr zufrieden.

Am späteren Vormittag brachte ihm ein Angestellter aus dem *General Hospital* ein kleines Päckchen. Es war von Clara. Mit das Allerschönste an Clara war ihre Schrift. Sie war so weiblich. Doch im Augenblick interessierte sich Obi nicht für Handschriften. Sein Herz schlug heftig.

»Du kannst gehen«, sagte er zu dem Boten, der darauf wartete, eine Antwort mitzunehmen. Dann begann er mit zitternden Händen das Päckchen zu öffnen, hielt aber gleich wieder ein. Marie war gerade nicht da, konnte aber jeden Augenblick zurückkommen. Zuerst dachte er daran, das Päckchen mit zur Toilette zu nehmen, doch dann fiel ihm etwas Besseres ein. Er zog eines der Schubfächer an seinem Schreibtisch heraus und packte dort das Päckchen aus. Obwohl es recht groß war, war er aus irgendeinem Grund sicher, daß es seinen Verlobungsring enthielt. Und auch Geld! Ja, Fünf-Pfund-Noten. Doch einen Ring fand er nicht. Er seufzte vor Erleichterung und las dann das beiliegende Briefchen.

Liebling,
es tut mir leid wegen gestern. Geh bitte sofort zur Bank und mache das Darlehen rückgängig. Bis heute abend.
Alles Liebe

Clara.

Die Schrift verschwamm vor seinen Augen. Als er aufschaute, sah er, daß Marie ihn beobachtete. Er hatte nicht einmal bemerkt, daß sie ins Büro zurückgekehrt war.

»Was ist los, Obi?«

»Nichts«, sagte er und versuchte zu lächeln. »Ich war nur in Gedanken verloren.«

Obi wickelte die fünfzig Pfund sorgfältig ein und steckte sie in die Tasche. Wie war Clara zu soviel Geld gekommen? fragte er sich. Sie wurde natürlich ziemlich gut bezahlt, und außerdem war sie nicht mit dem Stipendium irgendeiner progressiven Union zur Krankenschwester ausgebildet worden. Sie schickte zwar ihren Eltern Geld, aber das war auch alles. Trotzdem, fünfzig Pfund waren eine Menge Geld.

Unterwegs von Ikoyi nach Yaba dachte er ununterbrochen darüber nach, wie er es am besten bewerkstelligen könnte, daß sie das Geld zurücknahm. Er wußte, daß es schwierig, wenn nicht unmöglich sein würde. Doch kam es für ihn überhaupt nicht in Frage, die fünfzig Pfund von ihr anzunehmen. Das Problem war, sie dazu zu bewegen, das Geld zurückzunehmen, ohne sie dabei zu verletzen. Er könnte sagen, daß er der Bank gegenüber dumm dastehen werde, wenn er heute ein gestern aufgenommenes Darlehen zurückzahle. Die auf der Bank könnten vermuten, Obi habe das Geld gestohlen. Oder er könnte Clara bitten, das Geld bis zum Monatsende zu behalten, wenn er es wirklich benötigte. Sie würde dann vielleicht fragen: »Warum bewahrst du es nicht selbst auf?« Dann würde er antworten: »Ich würde es vorher vielleicht verbrauchen.«

Jedesmal wenn Obi eine schwierige Unterredung mit Clara bevorstand, plante er genau im voraus, was er sagen würde. Doch wenn es dann soweit war, nahm die Unterhaltung stets einen völlig anderen Verlauf. Und so geschah es auch diesmal. Clara bügelte, als er kam.

»Ich bin gleich fertig«, sagte sie. »Was hat die Bank gesagt?«

»Sie waren sehr zufrieden.«

»In Zukunft darfst du dich nie wieder wie ein kleiner dummer Junge benehmen. Du kennst doch das Sprichwort von der neuen Grube, die man gräbt, um die alte aufzufüllen?«

»Warum hast du diesem hinterhältigen Mann soviel Geld anvertraut?«

»Meinst du Joe? Er ist ein guter Freund von mir. Er arbeitet auf meiner Station.«

»Er gefiel mir gar nicht. Was ist das für ein Sprichwort von der Grube, die man gräbt, um eine andere aufzufüllen?«

»Ich habe dir schon immer gesagt, du solltest ordentlich Ibo lernen. Es bedeutet, sich von der Bank Geld zu leihen, um die Versicherung zu bezahlen.«

»Ach so. Du ziehst es also vor, zwei Gruben zu graben – von Clara leihen, um die Bank zu bezahlen, damit diese die Versicherung bezahlt!«

Clara antwortete nicht.

»Ich bin überhaupt nicht zur Bank gegangen. Ich hab's nicht über mich gebracht. Ich kann doch von dir nicht soviel Geld annehmen!«

»Bitte, Obi, hör auf, dich wie ein kleiner Junge zu benehmen. Es ist doch nur geliehen, und wenn du es nicht willst, kannst du es mir zurückgeben. Ich habe übrigens den ganzen Nachmittag über die Sache nachgedacht. Mir scheint, ich habe mich in deine Angelegenheiten eingemischt. Ich kann nur sagen, es tut mir sehr leid. Hast du das Geld bei dir?« Sie streckte ihm die Hand hin.

Obi nahm ihre Hand und zog Clara an sich. »Bitte, Liebling, mißversteh mich nicht.«

An jenem Abend besuchten sie Christopher, Obis Freund, den Wirtschaftswissenschaftler. Clara hatte sich langsam mit ihm angefreundet. Vielleicht war er ein bißchen zu lebhaft, was natürlich kein ernstlicher Fehler war. Doch sie fürchteten, daß er, was Frauen anlangte, einen schlechten Einfluß auf Obi ausüben könnte. Er schien sich gerne mit vieren oder fünfen gleichzeitig zu umgeben. Er hatte sogar gesagt, es gäbe nichts Besseres als die Liebe, zumindest in Nigeria nicht. Aber eigentlich war er sehr liebenswert, ganz anders als Joseph, der ein Mann aus dem Busch war.

Wie zu erwarten war, hatte Christopher ein Mädchen bei sich, als Clara und Obi ankamen. Clara kannte dieses Mädchen noch nicht, im Gegensatz zu Obi, der sie wohl schon einmal gesehen hatte.

»Clara, das ist Bisi«, sagte Christopher. Die beiden Mädchen gaben sich die Hand. »Sehr erfreut.«

»Clara ist Obis ...«

»Halt den Mund«, beendete Clara den Satz für ihn. Aber es war, wie wenn man einem Stotterer hilft, einen Satz zu Ende zu bringen. Man kann sich die Mühe auch sparen.

»Obis du weißt schon«, fuhr Christopher fort.

»Hast du dir neue Schallplatten gekauft?« fragte Clara und schaute sich einige Platten an, die auf einem Stuhl lagen.

»Ich? Jetzt, am Monatsende? Sie gehören Bisi. Was darf ich euch anbieten?«

»Champagner!«

»Was? Das kriegst du von Obi! So weit hab ich's noch nicht gebracht. Ich hab nur Limo.« Alle lachten.

»Obi, wie wär's mit einem Bier?«

»Wenn wir uns eine Flasche teilen.«

»Gut. Was habt ihr heute abend vor? Sollen wir irgendwohin tanzen gehen?«

Obi versuchte es mit Ausreden, doch Clara unterbrach ihn kurzerhand. Sie würden mitkommen, erklärte sie.

»Ich will aber ins Kino«, sagte Bisi.

»Hör mal zu, Bisi, es interessiert uns überhaupt nicht, was du willst. Obi und ich entscheiden, was wir tun. Wir sind hier in Afrika, klar?«

Ob Christopher »gutes« oder »gebrochenes« Englisch sprach, hing davon ab, was er zu sagen hatte, wo er es sagte, mit wen er sprach und wie er es sagen wollte. In gewissem Maße traf dies auf die meisten Gebildeten zu, besonders an Samstagabenden, Christopher jedoch beherrschte diese Kunst außergewöhnlich gut und wurde so auf seine Weise mit seinem doppelten Erbe fertig.

Obi lieh sich von Christopher eine Krawatte aus. Nicht weil es im Imperial, wo sie beschlossen hatten hinzugehen, unbedingt erforderlich gewesen wäre, aber man wollte ja nicht gerade wie ein Bauer vom Lande aussehen.

»Passen wir alle in deinen Wagen, Obi? Ich habe schon so lange keinen Chauffeur mehr gehabt.«

»Ja, wir passen alle rein, obwohl es hinterher ein wenig kompliziert wird, zuerst Bisi, dann Clara und danach dich nach Hause zu bringen. Aber das macht nichts.«

»Nein. Ich nehme doch lieber meinen eigenen Wagen«, entgegnete Christopher. Dann flüsterte er Obi etwas ins Ohr, dahin gehend, daß er nicht beabsichtige, Bisi in dieser Nacht nach Hause zu bringen, was ohnehin offensichtlich war.

»Was flüstert ihr miteinander?« fragte Clara.

»Männersache«, gab ihr Christopher zurück.

Beim Imperial gab es kaum Parkplätze, und eine Menge Wagen stand bereits da. Nach einigem Hin-und-her-Rangieren, dirigiert von einem halben Dutzend in Lumpen gekleideter Jungen, die zu diesem Zweck dort herumlungerten, zwängte sich Obi schließlich in eine Lücke zwischen zwei anderen Wagen.

»Ich pass' auf dein Auto auf«, riefen gleich drei der Jungen auf einmal.

»O.K., paßt gut auf«, sagte Obi zu allen auf einmal.

»Schließ die Tür auf dieser Seite ab«, sagte er leise zu Clara.

»Ich bewache Ihr Auto sehr gut, Sir«, sagte einer der Jungen und stellte sich Obi in den Weg, damit er ihn auch später als den wiedererkennen werde, dem die drei Pennies Belohnung fürs Aufpassen zustanden. Aus Prinzip gab Obi diesen herumhängenden Jungen nie eine Belohnung, doch es wäre schlechte Taktik, ihnen dies jetzt zu sagen und dann den Wagen ihrer Willkür zu überlassen.

Christopher und Bisi warteten bereits am Eingang. Das Lokal war gar nicht so überfüllt, wie sie befürchtet hatten. Die Tanzfläche war praktisch leer, allerdings nur, weil die Band gerade einen Walzer spielte. Christopher fand einen Tisch mit zwei Stühlen, und die Mädchen setzten sich.

»Ihr könnt doch nicht den ganzen Abend stehen«, meinte Clara. »Die Bedienung soll euch Stühle holen.«

»Wart's ab«, erwiderte Christopher, »wir werden gleich Stühle haben.«

Er hatte kaum seinen Satz zu Ende gebracht, als die Band einen *High-life* zu spielen begann. In knapp dreißig Sekunden war die Tanzfläche überfüllt. Jene, deren Bierglas gerade zwischen Tisch und Mund schwebte, stellten es entweder wieder ab oder kippten den Inhalt so schnell wie möglich hinunter. Halbgerauchte Zigaretten wurden, je nach Status des Rauchers, entweder auf den Boden geworfen und ausgetreten oder aber sorgfältig ausgemacht, um später weitergeraucht zu werden.

Christopher ging drei oder vier Tische weiter und schnappte sich zwei Stühle, die eben frei geworden waren.

»Ganz schön gemein, Alter«, sagte Obi, nahm einen und setzte sich. Bisi wippte auf ihrem Stuhl und sang mit dem Solisten:

> Nylonkleidchen, süßes Kleidchen,
> Nylonkleidchen, Ausgehkleidchen;
> Willst du dein Baby glücklich machen,
> Schenk ihr ein Nylonkleid.

»Wir verpassen einen guten Tanz«, sagte Obi.

»Warum tanzt du nicht mit Bisi? Clara und ich passen auf die Stühle auf.«

»Hast du Lust?« fragte Obi und stand auf, doch Bisi stand bereits mit entrücktem Blick neben ihm.

> Willst du dein Baby glücklich machen
> Kauf ihr ein Dutzend Nylonkleider
> Dann sieht sie keinen andern an
> Schenk ihr ein Nylonkleid.

Der nächste Tanz war wieder ein *Hig-life*. Eigentlich waren die meisten Tänze *High-lifes*. Gelegentlich wurde ein langsamer Walzer oder ein Blues gespielt, damit sich die Tänzer ausruhen, ihr Bier trinken oder rauchen konnten. Christopher und Clara tanzten als nächste, während Obi und Bisi die Stühle im Auge behielten. Doch bald saß Obi alleine da, denn irgend jemand hatte Bisi zum Tanzen geholt.

Es gab so viele Arten, den *High-life* zu tanzen, wie es Leute auf der Tanzfläche gab. Doch im großen und ganzen waren drei Hauptmuster auszumachen. Da gab es vier oder fünf Europäer, deren Tanzstil an die frühen Kinofilme erinnerte. Sie bewegten sich wie Dreiecke in einem ungewohnten Tanz, der für Kreise gedacht war. Dann gab es andere, die sich eigentlich kaum richtig bewegten. Sie hielten ihre Mädchen eng an sich gedrückt, Brust an Brust, Bauch an Bauch, damit der Rhythmus des Tanzes ungehindert vom einen zum anderen fließen konnte. Und zuletzt war da noch die Gruppe derer, die beim Tanzen in Ekstase gerieten. Sie tanzten für sich, drehten sich in schwingenden Bewegungen im Kreis und setzten die Synkopen der Musik in kunstvolle Hüft- und Fußbewegungen um. Es waren die braven Hausangestellten, die hier ihre vollkommene Freiheit fanden. Der Sänger nahm das Mikrophon an den Mund und sang *Gentleman Bobby*:

Ich spielte auf meiner Gitarre, jeje:
Eine Dame küßte mich,
Ihrem Mann gefiel das nicht –
Er mußte seine Frau wegschleppen.

Bitte, Gentlemen, halten Sie Ihre Frauen fest;
Vater und Mutter, bitte achtet auf eure Töchter.
Der Calypso ist so verführerisch,
Wenn sie ihm folgen, kann Bobby nichts dafür.

Der Applaus und die Rufe nach »Zu-ga-be!« ließen darauf schließen, daß niemand daran dachte, Gentleman Bobby zu beschuldigen. Und warum auch? Er spielte auf seiner Gitarre, jeje -- ruhig, ernst, bescheiden, ganz und gar im Rahmen des Gesetzes, als sich eine Frau gedrängt fühlte, ihm einen Kuß aufzudrücken. Von welcher Seite man die Sache auch betrachtete, dem unschuldigen Musiker konnte unmöglich etwas angelastet werden.

Die nächste Nummer war ein Quickstep. Das hieß, es war Zeit zum Trinken und Rauchen, überhaupt Zeit zum Ausruhen und Abkühlen. Obi bestellte Limonade. Er war erleichtert, daß niemand etwas Teureres wollte.

Obi interessierte sich sehr für die Gruppe, die rechts von ihnen saß – drei Männer und zwei Frauen. Eine der Frauen schien still und zurückhaltend zu sein, doch die andere redete ununterbrochen in voller Lautstärke. Ihre Nylonbluse war so gut wie durchsichtig und gab den Blick auf einen neuen Büstenhalter frei. Die letzte Nummer hatte sie nicht getanzt. Als einer der Männer sie zum Tanzen auffordern wollte, hatte sie gesagt: »Kein Benzin, kein Feuer!«, was eindeutig hieß, kein Bier, kein Tanz. Daraufhin war der Mann an Obis Tisch gekommen und hatte sich Bisi geholt. Doch das war alles andere als eine endgültige Lösung, denn jetzt, wo niemand tanzte, sagte die Frau, unüberhörbar für alle Umsitzenden: »Der Tisch ist trocken!«

Um zwei Uhr brachen Obi und seine Freunde trotz Bisis Einwänden auf, um sich auf den Heimweg zu machen. Christopher erinnerte Bisi daran, daß sie sich ja ursprünglich fürs Kino entschieden hatte, und das sei schon um elf Uhr aus gewesen. Sie erwiderte, daß dies kein Grund sei, in dem Augenblick wegzugehen, wo die ganze Sache langsam in Schwung komme. Trotzdem machten sie sich auf den Weg. Christopher hatte sein Auto weit weg geparkt, deshalb sagten sie sich gute Nacht und gingen auseinander.

Obi öffnete die Wagentür auf der Fahrerseite mit dem Schlüssel, stieg ein und lehnte sich hinüber, um Clara von innen aufzumachen. Doch ihre Tür war nicht abgeschlossen.

»Ich dachte, du hättest diese Tür abgeschlossen!«

»Ja, natürlich habe ich das.«

Panik ergriff Obi. »Um Gottes willen!« schrie er.

»Was ist los?« Clara bekam Angst.

»Dein Geld.«

»Wo ist es? Wo hast du es hingetan?«

Er zeigte auf das nun leere Handschuhfach. Stumm starrten sie hinein. Obi öffnete leise die Tür, stieg aus, suchte mit leerem Blick den Boden ab und lehnte sich dann gegen den Wagen. Die Straße lag völlig verlassen da. Auch Clara öffnete ihre Tür und stieg aus. Sie ging hinüber auf seine Seite, nahm seine Hand in ihre und sagte: »Komm, wir gehen.« Er zitterte. »Komm, Obi«, wiederholte sie und öffnete ihm die Tür.

Zwölftes Kapitel

Nach Weihnachten erhielt Obi einen Brief von seinem Vater, in dem dieser ihm mitteilte, daß seine Mutter erneut im Krankenhaus liege, und in dem er nachfragte, wann Obi denn, wie versprochen, zum Urlaub nach Hause komme. Er hoffe, daß dies sehr bald der Fall sei, denn er habe eine dringende Angelegenheit mit ihm zu besprechen.

Offenbar hatte die Nachricht von Obis Verbindung mit Clara seine Eltern erreicht. Vor einigen Monaten hatte Obi geschrieben, daß er an einem bestimmten Mädchen interessiert sei und daß er ihnen, sobald er im Urlaub nach Hause komme, noch mehr von ihr erzählen werde. Er hatte mit keinem Wort erwähnt, daß sie *osu* war. Derlei Dinge schrieb man nicht in Briefen. Das mußte behutsam im Gespräch vorgebracht werden. Doch jetzt hatte es allen Anschein, daß sie es von jemand erfahren hatten.

Er faltete den Brief sorgfältig zusammen und steckte ihn in seine Hemdtasche. Er versuchte, nicht weiter darüber nachzudenken, vor allem nicht über die Krankheit seiner Mutter, und sich statt dessen auf die Akten zu konzentrieren, die vor ihm lagen. Doch er las jede Zeile fünfmal und verstand noch immer nicht, was er gelesen hatte. Er griff zum Telephon, um Clara im Krankenhaus anzurufen, doch als die Zentrale nach der gewünschten Nummer fragte, legte er wieder auf. Marie tippte unablässig. Vor der Ausschußsitzung in der kommenden Woche hatte sie noch eine Menge Arbeit zu erledigen. Sie war eine hervorragende Schreibkraft – wenn sie tippte, waren die einzelnen Anschläge nicht voneinander zu unterscheiden.

Manchmal ließ Mr. Green Marie zum Diktat holen, manchmal kam er zum Diktieren zu ihr. Es hing davon ab, in welcher Stimmung er sich jeweils befand. Diesmal kam er zu ihr.

»Bitte nehmen Sie doch eben diesen kurzen Antwortbrief auf: ›Sehr geehrter Herr … unter Bezugnahme auf Ihren Brief vom Soundsovielten teile ich Ihnen höflich mit, daß die Regierung den *bona fide*-Ehefrauen der Regierungsstipendiaten eine Familienbeihilfe gewährt. Diese Regelung gilt jedoch nicht für die Freundinnen der Stipendiaten …‹ Lesen Sie es mir bitte noch einmal vor?« Marie las, während er im Büro auf und ab ging. »Ändern Sie das zweite *Regierungs-* in *ihrer*«, sagte er. Marie fügte die Änderung ein und schaute auf.

»Das ist alles. ›Ihr ergebener Diener‹.« Mr. Green schloß seine Briefe stets mit dieser Formel, wobei er die Worte *ergebener Diener* mit verächtlicher Ironie aussprach. Er wandte sich an Obi und sagte: »Wissen Sie, Okonkwo, ich lebe seit fünfzehn Jahren in Ihrem Land, und es ist mir noch immer nicht gelungen, die Mentalität des sogenannten gebildeten Nigerianers zu verstehen. Wie zum Beispiel diesen jungen Mann hier vom University College, der von der Regierung erwartet, daß sie ihm nicht nur seine Studiengebühren und phantastisch hohe Unterhaltsbeihilfe bezahlt und ihm außerdem nach Abschluß seines Studiums einen leichten und bequemen Posten verschafft, sondern daß sie dazu auch noch seine Zukünftige aushält. Es ist einfach unglaublich. Die Regierung begeht einen schweren Fehler, wenn sie es solchen Leuten derart leichtmacht, eine sogenannte Universitätsausbildung zu erlangen. Ausbildung wofür? Um soviel wie möglich für sich und ihre Familien dabei herauszuschlagen. Nicht das geringste Interesse an den Millionen ihrer Landsleute, die täglich an Hunger und Krankheiten sterben.«

Obi gab einige undefinierbare Laute von sich.

»Ich erwarte natürlich nicht, daß Sie meiner Meinung zustimmen«, sagte Mr. Green und verschwand.

Obi rief Christopher an, und sie verabredeten sich für den Nachmittag zum Tennisspielen mit zwei neuangekommenen

Lehrerinnen aus dem katholischen Kloster in Apapa. Er hatte nie genau erfahren, wie Christopher an die beiden geraten war. Er wußte nur, daß Christopher ihn vor ungefähr zwei Wochen gebeten hatte, in seiner Wohnung vorbeizuschauen, um zwei irische Mädchen kennenzulernen, die sich sehr für Nigeria interessierten. Als Obi gegen sechs Uhr kam, war Christopher bereits dabei, ihnen abwechselnd beizubringen, wie man *High-life* tanzte. Er war offensichtlich erleichtert, als er Obi kommen sah; sofort belegte er die besser aussehende der beiden Mädchen mit Beschlag und überließ Obi die andere. Sie war ganz in Ordnung, solange sie nicht lachte. Unglücklicherweise lachte sie ziemlich oft. Aber sonst war sie gar nicht übel, und außerdem wurde es sehr bald so dunkel, daß man ohnehin nichts mehr sehen konnte.

Die Mädchen zeigten echtes Interesse an Nigeria. Sie hatten bereits einige Worte Yoruba gelernt, obwohl sie erst knapp drei Wochen im Land waren. Ihre antienglische Einstellung war noch stärker als Obis, was ihm ziemlich unangenehm war. Doch mit fortschreitendem Abend gefielen sie ihm immer besser, besonders jene, die ihm zugewiesen worden war.

Zum Abendessen gab es gebratene Bananen mit Gemüse und Fleisch. Die Mädchen versicherten, daß es ihnen sehr gut geschmeckt hätte, obwohl ihre tränenden Augen und verschnupften Nasen eindeutig verrieten, daß für sie zuviel Pfeffer darin gewesen war.

Bald danach nahmen sie im Halbdunkel das Tanzen wieder auf und unterbrachen nur gelegentlich ihr Schweigen, wenn sie sich gegenseitig ein wenig neckten.

»Warum seid ihr denn so still, ihr beiden?« oder: »Nicht stehenbleiben, bewegt euch, los!«

Nach einigen anfänglichen Tändeleien wurde Obi der eine oder andere Kuß zur Probe gewährt; als er jedoch etwas Anspruchsvolleres versuchte, flüsterte Nora scharf: »Nein! So dürfen Katholiken nicht küssen.«

»Warum nicht?«

»Es ist Sünde.«

»Wie seltsam.«

Sie tanzten weiter und küßten sich gelegentlich nur mit den Lippen.

Ehe sie schließlich die Mädchen um elf Uhr nach Hause brachten, hatten Obi und Christopher ihnen versprochen, einmal abends mit ihnen Tennis zu spielen. Das hatten sie auch zweimal kurz hintereinander getan, dann hatten andere Dinge ihr Interesse in Anspruch genommen. Obi waren die Mädchen wieder eingefallen, weil er nach etwas, wie zum Beispiel Tennisspielen, suchte, das seine Gedanken am Nachmittag ablenken und ihn vielleicht so müde machen würde, daß er in der Nacht schlafen konnte.

Als Christophers Wagen vorfuhr, erschien plötzlich eine weißgekleidete Nonne unter der Tür der Klosterkapelle. Obi machte Christopher darauf aufmerksam. Sie waren zu weit entfernt, um ihre Miene erkennen zu können, doch Obi fühlte, daß sie feindselig war. Die Schülerinnen saßen über ihren nachmittäglichen Schularbeiten, deshalb war es im ganzen Kloster sehr still. Sie gingen die Treppe hoch, die zu der über dem Klassenzimmer gelegenen Wohnung von Nora und Pat führte. Die Nonne verfolgte sie mit ihren Blicken, bis sie im Wohnzimmer der Mädchen verschwunden waren.

Die Mädchen tranken gerade Tee und aßen süße Brötchen dazu. Sie freuten sich über ihre Besucher, doch nicht ganz so sehr wie sonst. Sie machten einen etwas verlegenen Eindruck.

»Möchtet ihr gerne eine Tasse Tee?« fragten sie gleichzeitig und noch ehe sich ihre Gäste richtig gesetzt hatten, so als hätten sie den Satz eingeübt. Fast schweigend tranken sie den Tee. Obwohl Obi und Christopher im Tennisdress waren und ihre Schläger bei sich trugen, erwähnten die Mädchen das Tennisspielen mit keinem Wort. Nach dem Tee blieben sie sitzen und versuchten tapfer, irgendeine Unterhaltung aufrechtzuerhalten.

»Wie wär's mit einem Spiel?« fragte Christopher schließlich, als die Unterhaltung völlig stockte. Pause. Dann erklärte Nora ganz einfach und ohne künstliche Entschuldigungen, daß ihnen die Oberin ernsthafte Vorhaltungen gemacht habe, weil sie sich mit afrikanischen Männern abgäben. Sie hatte sie gewarnt, wenn dies dem Bischof zu Ohren komme, könnten sie sich, ehe sie sich's versähen, auf dem Rückweg nach Irland befinden.

Pat sagte, dies sei alles dumm und lächerlich. Sie benutzte das Wort ›Lächerlichkeit‹, was Obi im stillen amüsierte.

»Aber wir wollen nicht nach Irland zurückgeschickt werden!«

Nora versprach, daß sie die jungen Männer gelegentlich in Ikoyi besuchen würden. Obi und Christopher kämen aber am besten nicht mehr ins Kloster, denn die Mutter Oberin und die Schwestern beobachteten sie.

»Was seid ihr beide denn eigentlich? Töchter?« fragte Christopher.

Doch diese Bemerkung kam nicht sehr gut an, und der Besuch fand kurz darauf sein Ende.

»Da hast du's«, sagte Christopher, sobald sie wieder im Wagen saßen. »Und die nennen sich Missionare!«

»Was erwartest du denn von den armen Mädchen? Was sollten sie denn tun?«

»Ich meinte nicht die Mädchen. Ich meinte die Oberinnen-Mütter und Schwestern und Väter und Kinder.«

Obi fand sich plötzlich in der ungewöhnlichen Rolle, die Katholiken verteidigen zu müssen.

Auf ihrem Nachhauseweg machten sie halt, um Christophers neuer Freundin Florence guten Tag zu sagen. Er war derart hingerissen von ihr, daß er sogar vom Heiraten sprach. Doch das war unmöglich, denn das Mädchen würde im September nach England gehen, um dort zur Krankenschwester ausgebildet zu werden. Als sie in ihre Wohnung kamen, war sie nicht da; Christopher hinterließ ein Briefchen für sie.

»Ich habe Bisi schon so lange nicht mehr gesehen«, sagte er.

Also statteten sie ihr einen Besuch ab. Aber auch Bisi war nicht zu Hause.

»Kein guter Tag für Besuche!« sagte Obi. »Am besten, wir gehen nach Hause.«

Christopher sprach auf dem ganzen Weg von nichts anderem als von Florence. Sollte er sie zu überreden versuchen, nicht nach England zu gehen?

»An deiner Stelle würde ich das nicht tun«, sagte Obi. Er erzählte ihm die Geschichte von einem alten Religionslehrer, der vor vielen, vielen Jahren in Umuofia gelebt hatte, als Obi noch ein kleiner Junge war. Die Frau jenes Mannes war eine sehr gute Freundin von Obis Mutter gewesen und hatte sie oft besucht.

Eines Tages nun hatte Obi gehört, wie sie seiner Mutter erzählte, daß ihre Schulbildung schon in der ersten Klasse abgebrochen wurde, weil der Mann ungeduldig aufs Heiraten drängte. Sie war sehr verbittert darüber, obwohl sich dies alles mindestens zwanzig Jahre früher ereignet haben mußte. Obi erinnerte sich sehr genau an jenen Besuch, denn es war an einem Samstag gewesen. Am darauffolgenden Morgen konnte der Religionslehrer den Sonntagsgottesdienst nicht mehr halten, denn seine Frau hatte ihm mit dem hölzernen Stößel, mit dem man die Yamswurzel im Mörser zerstieß, den Schädel eingeschlagen. Als pensionierter Religionslehrer mußte Obis Vater ganz kurzfristig den Gottesdienst übernehmen.

»Weil wir von England sprechen, da fällt mir ein Mädchen ein, die sich mir praktisch angeboten hat. Habe ich dir das schon erzählt?«

»Nein.«

Obi berichtete ihm von Miss Mark, angefangen mit dem Besuch ihres Bruders im Büro.

»Und was ist schließlich aus ihr geworden?«

»Oh, sie ist in England. Sie hat auch so ihr Stipendium bekommen!«

»Du bist der größte Esel in ganz Nigeria«, sagte Christopher, und dann folgte ein langes Streitgespräch über Bestechung im allgemeinen.

»Wenn sich ein Mädchen anbietet, mit dir zu schlafen, dann hat das nichts mit Bestechung zu tun«, erklärte Christopher.

»Du spinnst«, erwiderte Obi. »Willst du damit sagen, daß du allen Ernstes nichts Schlechtes darin siehst, ein junges Mädchen, das gerade mit der Schule fertig ist und studieren will, einfach auszunutzen?«

»Du bist sentimental. Ein Mädchen, das auf diese Weise daherkommt, ist kein unschuldiges kleines Mädchen mehr. Das ist wie in der Geschichte von dem Mädchen, das ein Formular ausfüllen sollte. Sie setzte ihren Namen und ihr Alter ein. Aber als sie an die Zeile *Geschlecht (Sex)* kam, schrieb sie: ›Zweimal in der Woche‹.«

Obi konnte sich das Lachen nicht verkneifen.

»Glaub bloß nicht, daß Mädchen Engel sind.«

»Das glaube ich überhaupt nicht. Aber es ist skandalös, daß ein gebildeter Mann wie du nichts Unrechtes dabei findet, erst mit einem Mädchen zu schlafen und sie dann dem Ausschuß vorzustellen.«

»Dieses Mädchen wurde ohnehin vor den Ausschuß geladen. Nicht mehr hatte sie von dir erwartet, als daß du dafür sorgen würdest, daß sie vor dem Ausschuß erscheinen konnte. Und woher willst du überhaupt wissen, daß sie nicht mit den Ausschußmitgliedern geschlafen hat?«

»Höchstwahrscheinlich hat sie das getan.«

»Also, was hast du ihr dann Gutes angetan?«

»Sehr wenig, das gebe ich zu«, sagte Obi und versuchte,

seine Gedanken zu ordnen. »Aber vielleicht denkt sie einmal daran, daß es zumindest einen Mann gab, der seine Position nicht mißbrauchte.«

Es entstand eine Pause.

»Nun sag mal, Christopher, wie lautet *deine* Definition von Bestechung?«

»Also, überlegen wir mal ... Der Gebrauch unlauterer Beeinflussung.«

»Gut. Ich nehme an ...«

»Aber es geht doch darum, daß überhaupt keine Beeinflussung stattgefunden hat. Das Mädchen wäre ohnehin vor den Ausschuß geladen worden. Sie kam freiwillig zu dir, um sich zu amüsieren. Ich sehe überhaupt nicht, daß hier Bestechung mit hereinspielt.«

»Ach, ich weiß ja, daß du es nicht wirklich ernst meinst!«

»Ich meine es völlig ernst.«

»Dann überrascht es mich aber, daß dir nicht auffällt, daß man dasselbe Argument benutzen kann, wenn es um Geld geht. Bekommt der Bewerber ohnehin den Job, dann macht es ja nichts aus, Geld von ihm anzunehmen.«

»Nun ...«

»Nun, was?«

»Sieh mal her, der Unterschied ist folgender ...« Er stockte einen Augenblick. »Oder sagen wir es so – kein Mensch möchte gerne sein Geld loswerden. Wenn du von jemand Geld annimmst, machst du ihn ärmer. Aber wenn du mit einem Mädchen, die dich darum bittet, ins Bett gehst, dann hast du bestimmt niemandem geschadet.«

Auch noch während des Abendessens stritten sie weiter, bis spät in die Nacht hinein. Doch kaum hatte Christopher ihm eine gute Nacht gewünscht, als sich Obis Gedanken auch schon wieder dem Brief zuwandten, den er von seinem Vater erhalten hatte.

Dreizehntes Kapitel

Vom 10. bis zum 24. Februar bekam Obi zwei Wochen Urlaub bewilligt. Er beschloß, sehr früh am Morgen des 11. nach Umuofia aufzubrechen, die Nacht in Benin zu verbringen, um am darauffolgenden Tag ans Ziel seiner Reise zu gelangen. Clara tauschte ihre Arbeitszeit mit einer ihrer Kolleginnen im Krankenhaus, damit sie Zeit hätte, ihm beim Packen zu helfen. Sie verbrachte den ganzen Tag – und auch die Nacht – in Obis Wohnung.

Als sie schlafen gingen, sagte sie, daß sie ihm etwas sagen müsse, und begann zu weinen. Obi hatte es noch immer nicht gelernt, mit Tränen umzugehen, er bekam jedesmal Angst. »Was ist los, Clara?« Doch als Antwort fühlte er nur warme Tränen auf seinem Arm, der zwischen ihrem Kopf und dem Kissen lag. Clara weinte still, doch weinte sie wohl sehr heftig, denn Obi spürte ihren ganzen Körper beben. Immer wieder fragte er: »Was hast du? Was hast du denn?«, und er wurde immer bestürzter.

»Verzeih mir«, sagte sie schließlich, stand auf und ging zur Kommode, auf der ihre Handtasche stand, holte ein Taschentuch heraus und putzte sich die Nase. Dann kam sie mit dem Taschentuch in der Hand zurück und setzte sich auf den Bettrand.

»Komm her zu mir und erzähl mir, was los ist«, sagte Obi und zog sie sanft an sich. Er küßte sie, und es schmeckte salzig. »Was bedrückt dich so?«

Clara sagte, daß es ihr sehr leid tue, daß sie ihn in dieser letzten Stunde, sozusagen fünf Minuten vor zwölf, enttäuschen müsse. Sie sei sicher, daß es im Interesse aller sei, wenn sie ihre Verlobung auflösten.

Obi war zutiefst getroffen, doch er erwiderte nichts und schwieg lange. Dann wiederholte Clara, daß es ihr leid tue. Wieder entstand ein langes Schweigen.

Schließlich sagte Obi: »Ich verstehe ... Es ist ganz in Ordnung ... ich kann es dir überhaupt nicht verübeln.« Er wollte eigentlich noch hinzufügen: »Warum solltest du dich auch an jemand wegwerfen, der mit seinem Geld nicht auskommen kann?« Doch er wollte nicht sentimental klingen. Statt dessen sagte er: »Vielen Dank für alles.« Er setzte sich im Bett auf, stand dann ganz auf und begann, im Schlafanzug im Zimmer auf und ab zu gehen. Es war zu dunkel, als daß Clara ihn hätte sehen können, was den Effekt nur noch steigerte. Doch es wurde ihm schnell klar, daß er eine solche Handlungsweise bei einem anderen als billiges Theater abgetan hätte; deshalb hörte er damit auf und ging wieder ins Bett zurück, hielt aber Abstand zwischen sich und Clara. Es dauerte jedoch nicht lange, so ließ er sich dazu überreden, näher zu rücken und ein Gespräch zu beginnen.

Clara bat ihn, sie nicht mißzuverstehen. Sie sagte, sie habe diesen Schritt unternommen, weil sie sein Leben nicht ruinieren wolle. »Ich habe mir die ganze Sache sehr sorgfältig überlegt. Aus zweierlei Gründen sollten wir nicht heiraten.«

»Und die wären?«

»Nun, der erste Grund ist, daß deine Familie dagegen sein wird. Ich möchte mich nicht zwischen dich und deine Familie stellen.«

»Quatsch! Wie dem auch sei – was ist der zweite Grund?« Sie hatte vergessen, was es war, aber es machte ohnehin nichts aus. Der erste Grund genügte völlig.

»Ich kann dir den zweiten Grund sagen«, fuhr Obi fort.

»Ja?«

»Du möchtest niemanden heiraten, der sich Geld für die Versicherung leihen muß.« Er wußte, daß er eine überaus unfaire und falsche Anschuldigung vorbrachte, doch er wollte sie in die Defensive treiben. Fast hätte sie wieder zu weinen begonnen. Er zog sie an sich und küßte sie leidenschaftlich, und bald erwiderte sie mit dem gleichen Feuer.

»Nein, nein, nein! Sei doch nicht so ein ungezogener Junge! ... Du mußt dich erst für das, was du eben gesagt hast, entschuldigen!«

»Es tut mir sehr leid, Liebling.«

»O.K., ich verzeihe dir. Nein! Laß!«

Kurz vor sechs Uhr am nächsten Morgen machte sich Obi auf den Weg. Ohne Clara hätte er es nicht fertiggebracht, schon um halb sechs aufzuwachen. Er fühlte sich etwas schwindlig im Kopf, und die Augenlider waren ihm schwer. Er wusch sich kalt ab – zuerst die Arme und Beine, dann den Kopf, Bauch und zuletzt den Rücken. Er verabscheute kaltes Wasser, konnte sich den elektrischen Warmwasserboiler habe nicht leisten; und außerdem fühlte man sich nach einem kalten Bad sehr frisch und munter, dachte er, während er sich abtrocknete. Beim Weinen war es das gleiche – nur der Anfang war schwer.

Obwohl er zwei Wochen Zeit hatte, hatte er sich aus Geldgründen vorgenommen, nur eine Woche zu Hause zu verbringen. Für die Leute dort bedeutete Urlaub die Rückkehr des Dorfjungen, der sein Glück in der Stadt gemacht hatte, und jeder erwartete, an diesem Glück teilzuhaben. »Schließlich«, so argumentierten sie, »hat er es nur unseren Gebeten und unseren Opfern zu verdanken.« Sie nannten Urlaub *lifu*, und das bedeutet *verschwenden*.

Obi besaß genau vierunddreißig Pfund, neun Shilling und drei Pennies, als er losfuhr. Fünfundzwanzig Pfund davon waren sein Urlaubsgeld, das allen Beamten im höheren Dienst zu keinem anderen Zweck ausbezahlt wurde, als damit die Ausgaben für ihren Urlaub zu Hause zu bestreiten. Der Rest war von Obis Januargehalt übrig. Mit vierunddreißig Pfund konnte man möglicherweise zwei Wochen zu Hause auskommen, obwohl normalerweise von einem Mann wie Obi, mit einem Auto und einem »europäischen Posten«, mehr erwartet wurde. Doch sechzehn

Pfund und zehn Shilling würden für Bruder Johns Schulgeld im nächsten Halbjahr, das im April begann, ausgegeben werden müssen. Obi wußte, daß er vielleicht nicht in der Lage sein würde, das Schulgeld zu gegebener Zeit zu bezahlen, wenn er es nicht jetzt tat, wo er eine größere Summe in der Tasche hatte.

Obi schien durch alle hindurchzusehen, die herausgekommen waren, um ihn zu begrüßen.

»Wo ist Mutter?« fragten seine Augen unablässig. Er wußte nicht, ob sie noch im Krankenhaus oder wieder zu Hause war, und er hatte Angst zu fragen.

»Deine Mutter ist vergangene Woche aus dem Krankenhaus gekommen«, sagte sein Vater, als sie das Haus betraten.

»Wo ist sie?«

»In ihrem Zimmer«, sagte Eunice, seine jüngste Schwester.

Von allen Zimmern im Haus war Mutters Zimmer das bemerkenswerteste, abgesehen vielleicht von Vaters Zimmer. Die Schwierigkeit der Entscheidung lag darin, daß man unvergleichbare Dinge nicht vergleichen kann. Mr. Okonkwo glaubte bedingungslos an die Dinge des Weißen Mannes. Und das Machtsymbol des Weißen Mannes war das geschriebene oder, besser noch, das gedruckte Wort. Ehe er nach England ging, hatte Obi einmal mitangehört, wie sein Vater tief bewegt mit einem des Lesens und Schreibens unkundigen Verwandten über das Geheimnis des geschriebenen Wortes gesprochen hatte:

»Unsere Frauen verzierten ihren Körper mit schwarzen Mustern aus dem Saft des *uli*-Baumes. Das war sehr schön, doch es verblaßte bald. Hielt es sich zwei Marktwochen lang, so war das eine sehr lange Zeit. Manchmal erzählten unsere Alten Männer damals von *uli*, das niemals verblaßte, obwohl es noch nie jemand gesehen hatte. Heute sehen wir es in der Schrift des Weißen Mannes. Wenn du heute zum

Gerichtshof für einheimische Angelegenheiten gehst und dir die Aktenbücher anschaust, die von den Gerichtsschreibern vor mehr als zwanzig Jahren geschrieben wurden, so ist die Schrift noch genauso, wie sie es damals war. Diese Bücher sagen nicht heute dies und morgen das oder in einem Jahr dies und im nächsten das. Steht heute Okoye im Buch, kann es nicht morgen Okonkwo sein. In der Bibel sagt Pilatus: ›Was ich geschrieben habe, das habe ich geschrieben.‹ Es ist *uli*, das niemals verblaßt.«

Der Verwandte hatte zustimmend genickt und mit den Fingern geschnalzt.

Das Ergebnis von Okonkwos mystischer Hochachtung für das geschriebene Wort war, daß sein Zimmer bis obenhin mit alten Büchern und Papieren angefüllt war – angefangen bei dem Rechenbuch der ›Neger‹, das 1908 in Gebrauch war, bis zu Obis Durrell; von veralteten, von Kakerlaken zerfressenen Bibelübersetzungen im Onitsha-Dialekt bis zu vergilbten Bibellesezetteln der *Scripture Union* aus dem Jahr 1920. Okonkwo warf niemals ein Stück Papier weg. Er hatte zwei große Kisten mit Papier gefüllt, der Rest lag aufgestapelt auf seinem riesigen Schrank, auf Tischen, auf Kisten und in einer Ecke des Zimmers.

Mutters Zimmer dagegen war mit weltlichen Dingen angefüllt. Ihre Kleiderkiste stand auf einem Hocker. Auf der anderen Seite des Zimmers waren die Töpfe mit gehärtetem Palmöl aufgereiht, aus dem sie Kernseife machte. Das Palmöl war durch die ganze Länge des Zimmers von den Kleidern getrennt, denn, so pflegte sie zu sagen, Kleider und Öl seien keine Verwandten, und wie es die Pflicht der Kleider sei, das Öl möglichst zu meiden, so sei es auch die Pflicht des Öls, um jeden Preis die Kleider zu meiden.

Außer diesen beiden Dingen waren in Mutters Zimmer noch die vorjährigen Cocoyams zu finden, außerdem Kolanüsse, die, in Bananenblätter eingewickelt, in leeren Öltöpfen aufbewahrt wurden, und Palmholzasche in einem alten runden Behälter, der einstmals Kekse enthalten hatte. In seiner zweiten Lebensphase hatte er als Wasserkessel gedient, bis er an ungefähr fünf Stellen gleichzeitig leckte, die sorgfältig mit Papier abgedichtet worden waren, ehe man ihn seiner jetzigen Verwendung zugeführt hatte.

Als Obi seine Mutter auf ihrem Bett sah, standen ihm Tränen in den Augen. Sie streckte ihm die Hand entgegen, und er nahm sie – nur noch Haut und Knochen, wie der Flügel einer Fledermaus.

»Du hast mich nicht gesehen, als ich krank war«, sagte sie. »Jetzt bin ich so gesund wie ein junges Mädchen.« Sie lachte freudlos. »Du hättest mich vor drei Wochen sehen sollen. Was macht deine Arbeit? Geht es allen unseren Leuten aus Umuofia in Lagos gut? Wie geht es Joseph? Seine Mutter hat mich gestern besucht, und ich habe ihr erzählt, daß wir dich erwarteten ...«

Obi antwortete: »Es geht ihnen allen gut, ja, ja und noch mal ja.« Doch währenddessen war ihm, als zerbreche sein Herz vor Kummer.

Später am Abend kam eine Gruppe junger Frauen, die bei einer Beerdigung für die Musik gesorgt hatten, an Okonkwos Haus vorbei. Als sie hörten, daß Obi nach Hause gekommen war, beschlossen sie, hereinzukommen und ihn zu begrüßen.

Obis Vater war außer sich. Er wollte sie wegjagen, doch Obi überzeugte ihn, daß sie keinen Schaden anrichten könnten. Es verkündete Unheil, wie der Vater ohne Streit nachgab, wegging und sich in seinem Zimmer einschloß. Obis Mutter kam heraus ins *Pieze* und setzte sich auf einen Stuhl ans Fenster. Sie liebte Musik, auch wenn es heidnische Musik war. Obi stand in der Eingangstür und lachte den Sängerinnen zu, die sich auf dem sauber gefegten Hof aufgestellt hatten. Wie auf ein Signal hin flog der Schwarm der farbenfrohen und lärmenden Webervögel, die auf der hohen Palme nisteten, auf, um vorübergehend die vielen Dutzende brauner, riesigen gestrickten Babyschuhen gleichenden Nester zu verlassen. Obi kannte einige der Sängerinnen gut. Aber es waren auch andere darunter, die ins Dorf geheiratet hatten, nachdem er nach England gegangen war. Die Vorsängerin war eine von ihnen. Sie hatte eine laute, durchdringende Stimme, die wie ein scharfes Messer die Luft durchschnitt. Sie sang einen langen Vers, ehe die anderen in das Lied einstimmten. Sie hatten es ›Das Lied des Herzens‹ genannt.

Kürzlich kam ein Brief in mein Haus.
Ich sagte zu Mosisi: »Lies mir meinen Brief vor!«
Mosisi antwortete: »Ich kann nicht lesen.«
So ging ich zu Innocenti und bat ihn, mir den Brief zu lesen.
Innocenti sagte zu mir: »Ich kann nicht lesen.«
Dann fragte ich Simoni, und Simoni sagte:
»Der Brief hat mich beauftragt, dir folgendes zu sagen:
›Wer einen Bruder hat, muß ihm im Herzen zugetan sein,
Denn einen Verwandten kauft man weder auf dem Markt,
Noch läßt sich ein Bruder mit Geld kaufen.‹«

Sind alle da?
Hele ee he ee he
Seid ihr alle da?
Hele ee he ee he
Der Brief sagte,
Mit Geld läßt sich kein Bruder kaufen
Hele ee he ee he
Wer Brüder hat,
Besitzt mehr, als aller Reichtum kaufen kann.
Hele ee he ee he.

Vierzehntes Kapitel

Obis ernste Unterredung mit seinem Vater begann, nachdem die Familie gemeinsam das Abendgebet gesprochen hatte und alle bis auf die beiden zu Bett gegangen waren. Das Abendgebet hatte in Mutters Zimmer stattgefunden, denn sie fühlte sich wieder sehr schwach, und immer wenn sie nicht bei den anderen im Wohnzimmer sein konnte, sprach ihr Mann das Gebet in ihrem Zimmer.

Der Teufel und seine Werke spielten in den Gebeten an jenem Abend eine Hauptrolle. Obi hegte den naheliegenden Verdacht, daß sein Verhältnis mit Clara eines dieser Werke war. Es war jedoch nur ein Verdacht, bis jetzt gab es noch keinerlei Anzeichen, daß seine Eltern tatsächlich etwas davon wußten.

Mr. Okonkwos widerstandslose Kapitulation in der Frage der heidnischen Gesänge am Nachmittag war eindeutig ein taktischer Schachzug gewesen. In einem unbedeutenden Scharmützel ließ er den Feind Boden gewinnen, während er seine Streitkräfte für eine große Offensive sammelte.

Nach dem Gebet sagte er zu Obi: »Du mußt doch nach dieser langen Reise müde sein. Ich habe Wichtiges mit dir zu besprechen, aber das kann bis morgen warten, bis du dich ausgeruht hast.«

»Wir können jetzt reden«, antwortete Obi. »Ich bin nicht zu müde. Man gewöhnt sich daran, lange Strecken zu fahren.«

»Dann komm in mein Zimmer«, sagte der Vater und ging mit der alten Petroleumlampe voran. In der Mitte des Zimmers stand ein kleiner Tisch. Obi erinnerte sich noch daran, wie er gekauft wurde. Der Schreiner Moses hatte ihn gemacht und zum Erntedankfest der Kirche geschenkt. Nach dem Erntedankgottesdienst war der Tisch versteigert worden. Er wußte nicht mehr, wieviel sein Vater damals dafür bezahlt hatte. Vielleicht waren es elf Shilling und drei Pennies gewesen.

»Ich glaube, in dieser Lampe ist kein Kerosin mehr«, sagte der Vater, hielt sich die Lampe ans Ohr und schüttelte sie. Es hörte sich ziemlich leer an. Er holte eine halbgefüllte Flasche Kerosin vom Schrank und goß ein wenig davon in die Lampe. Seine Hände waren nicht mehr so ruhig wie früher, und er verschüttete ein wenig Kerosin. Obi bot sich nicht an, ihm dabei zu helfen, denn er wußte, daß es seinem Vater nicht im Traum einfiele, seine Lampe von Kindern nachfüllen zu lassen – Kinder wüßten gar nicht, wie man das richtig machte.

»Wie ging es allen unseren Leuten in Lagos, als du wegfuhrst?« fragte er und setzte sich auf ein Holzbett, während Obi ihm gegenüber auf einem niedrigen Hocker saß und mit dem Finger Linien auf der staubigen Platte des Erntetisches zog.

»Lagos ist sehr groß; man kann die Strecke von hier nach Abame reisen und noch immer in Lagos sein.«

»Das habe ich gehört. Aber gibt es nicht ein Treffen der Leute aus Umuofia?« Es war halb eine Frage und halb eine Feststellung. »Ja, es gibt ein Treffen. Aber es findet nur einmal im Monat statt.« Dann fügte er noch hinzu: »Und man hat nicht immer die Zeit, daran teilzunehmen.« In Wahrheit hatte er seit November nicht mehr teilgenommen.

»Das mag sein«, sagte der Vater. »Doch in einem fremden Land sollte man immer in der Nähe seiner Verwandten bleiben.«

Obi schwieg und malte seinen Namen in den Staub auf dem Tisch.

»Du hast mir vor einiger Zeit etwas über ein Mädchen geschrieben. Wie steht es jetzt damit?«

»Das ist einer der Gründe, warum ich gekommen bin. Ich möchte gerne, daß wir ihre Leute kennenlernen und zu verhandeln beginnen. Ich habe im Augenblick zwar kein

Geld, aber wir könnten wenigstens mit den Gesprächen beginnen.« Obi war zu dem Schluß gekommen, daß es fatal wäre, sich zu rechtfertigen oder auszuweichen.

»Ja«, erwiderte sein Vater, »das wird das beste sein.« Er dachte ein wenig nach und sagte dann erneut, ja, so sei es wohl am besten. Dann schien ihm ein neuer Gedanke zu kommen. »Wissen wir, wer das Mädchen ist und woher sie kommt?« Obis Zögern gab seinem Vater Zeit, die Frage erneut und diesmal anders zu stellen. »Wie heißt sie?«

»Sie ist die Tochter Okekes, der aus Mbaino stammt.«

»Welcher Okeke ist das? Ich kenne drei. Einer ist ein pensionierter Lehrer, aber der wird es bestimmt nicht sein.«

»Doch, der ist es«, antwortete Obi.

»Josiah Okeke?«

Obi sagte, ja, so heiße er.

Sein Vater lachte. Es war das Lachen, das man zuweilen von einem der maskierten Ahnengeister zu hören bekam. Er begrüßte einen mit Namen und fragte, ob man wisse, wer er sei. Man berührte dann demütig mit einer Hand die Erde und erwiderte, man wisse es nicht und daß er menschlichem Wissen entzogen sei. Dann lachte der Geist vielleicht, und es klang, als käme sein Lachen aus einer metallenen Kehle. Und die Bedeutung dieses Lachens war klar: »Du elender Menschenwurm, ich habe auch gar nicht erwartet, daß du es wissen würdest!«

Das Lachen von Obis Vater verschwand, wie es gekommen war – ohne Vorwarnung, ohne Spuren zu hinterlassen.

»Du kannst das Mädchen nicht heiraten«, sagte er ohne Umschweife.

»Wie?«

»Ich sagte, du kannst das Mädchen nicht heiraten.«

»Aber warum denn, Vater?«

»Warum? Ich will dir sagen, warum. Aber sag mir erst eines – hast du etwas über die Familie des Mädchens in Erfahrung gebracht, oder hast du es wenigstens versucht?«

»Ja.«

»Was hast du erfahren?«

»Daß sie *osu* sind.«

»Willst du damit sagen, daß du es gewußt hast, und du fragst mich trotzdem, warum?«

»Meiner Meinung nach hat das nichts zu bedeuten. Wir sind Christen.«

Dies hatte eine gewisse Wirkung, die jedoch keineswegs aufsehenerregend war – nur eine kleine Pause und einen etwas sanfteren Ton.

»Wir sind Christen«, sagte er. »Aber das ist kein Grund, eine *osu* zu heiraten.«

»In der Bibel steht, in Christus ist kein Knecht noch Freier.«

»Mein Sohn«, sagte Okonkwo, »ich verstehe, was du meinst. Doch diese Sache geht viel tiefer, als du denkst.«

»Was ist *diese Sache*? In ihrer Umnachtung und Unwissenheit nannten unsere Väter einen unschuldigen Mann *osu* – etwas, das man den Götzen gab –, und danach wurde aus ihm ein Ausgestoßener und mit ihm seine Kinder und Kindeskinder bis in alle Ewigkeit. Aber wir, haben wir nicht das Licht des Evangeliums gesehen?«

Obi benutzte die gleichen Worte, die sein Vater in Gesprächen mit seinen heidnischen Verwandten benutzt hätte.

Es entstand ein langes Schweigen. Die Lampe brannte jetzt zu hell. Obis Vater drehte den Docht ein wenig herunter und schwieg weiter. Nach einer scheinbaren Ewigkeit sagte er: »Ich kenne Josiah Okeke sehr gut.« Er schaute standhaft geradeaus, und seine Stimme klang müde. »Ich kenne ihn und ich kenne seine Frau. Er ist ein guter Mann und ein aufrichtiger Christ. Aber er ist *osu*. Naaberman, der Feldhauptmann des Königs von Syrien, war ein trefflicher Mann vor seinem Herrn und ehrenwert, er war auch ein gewaltiger und tapferer Mann, aber er war aussätzig.«

Er unterbrach seine Rede, damit sich dieses großartige und treffende Gleichnis in seinem ganzen furchtbaren Gewicht einprägte.

»Im Denken unseres Volkes ist *osu* wie der Aussatz. Ich bitte dich, mein Sohn, das Zeichen der Schande und des Aussatzes nicht in deine Familie zu bringen. Tust du es dennoch, werden deine Kinder und Kindeskinder bis ins dritte und vierte Glied deinen Namen verfluchen. Ich spreche nicht für mich selbst, meine Tage sind gezählt. Du wirst Kummer über dich und deine Kinder bringen. Wer wird deine Töchter heiraten? Wessen Töchter werden deine Söhne heiraten? Bedenke dies alles, mein Sohn. Wir sind Christen, doch wir können nicht unsere eigenen Töchter heiraten.«

»Aber das wird sich doch alles ändern. In zehn Jahren wird alles anders sein als jetzt.«

Der alte Mann schüttelte traurig den Kopf, sagte aber nichts mehr. Obi wiederholte noch einmal seine Argumente. Was unterschied einen, der *osu* war, von anderen Männern und Frauen? Nichts als die Unwissenheit ihrer Vorväter. Warum sollten sie, die sie doch das Licht des Evangeliums gesehen hatten, in dieser Unwissenheit verharren?

Er schlief sehr wenig in jener Nacht. Der Vater war nicht so schwierig gewesen, wie er erwartet hatte. Zwar war er noch keineswegs gewonnen, doch seine Position war eindeutig schwächer geworden. Obi fühlte sich auf seltsame Weise glücklich und erregt. Noch nie in seinem Leben war ihm Vergleichbares widerfahren. Von frühester Kindheit an war er es gewohnt, mit seiner Mutter wie mit seinesgleichen zu reden, doch mit seinem Vater war das immer anders gewesen. Man konnte nicht gerade sagen, daß er fern von seiner Familie lebte, doch er hatte etwas an sich, das an die Patriarchen erinnerte, an jene aus Granit gehauenen Riesen. Obis seltsames Glücksgefühl rührte nicht nur von dem bißchen Boden unter den Füßen her, den er in der Auseinandersetzung gewonnen hatte, sondern von dem direkten menschlichen Kontakt, den er zum ersten Mal in seinem sechsundzwanzigjährigen Leben mit seinem Vater gehabt hatte.

Als er am nächsten Morgen wach wurde, machte er sich sofort auf, um nach seiner Mutter zu sehen. Nach seiner Uhr war es sechs, doch es war noch sehr dunkel. Er ertastete sich seinen Weg in ihr Zimmer. Sie war wach, denn sobald er das Zimmer betrat, fragte sie, wer da sei. Er setzte sich zu ihr aufs Bett und fühlte mit der Hand ihre Temperatur. Wegen ihrer Magenschmerzen hatte sie nicht viel geschlafen. Sie sagte, sie habe jetzt allen Glauben an die europäische Medizin verloren und würde gern einen einheimischen Arzt aufsuchen.

In diesem Augenblick läutete Obis Vater seine kleine Glocke, um die Familie zum Morgengebet zusammenzurufen. Er war überrascht, als er mit der Lampe hereinkam und Obi schon dort fand. Dann kam Eunice, die sich ihr Baumwolltuch umgewickelt hatte. Sie war das jüngste der Kinder und lebte als einzige noch zu Hause. So weit war es also gekommen. Kinder ließen ihre alten Eltern allein zu Hause und zerstreuten sich auf der Suche nach Geld in alle Himmelsrichtungen. Es war schwer für eine alte Frau mit acht Kindern. Es war, als besäße man einen Fluß und müßte sich trotzdem die Hände mit Spucke waschen.

Nach Eunice kamen noch Joy und Mercy, zwei entfernte Verwandte, die von ihren Eltern hergeschickt worden waren, um bei Mrs. Okonkwo die Hauswirtschaft zu lernen.

Später, als sie wieder allein waren, hörte sie Obi still und geduldig an, bis er zu Ende geredet hatte. Dann richtete sie sich auf und sagte: »Ich habe einmal einen sehr schlimmen Traum gehabt, einen sehr schlimmen Traum. Ich lag auf einem Bett, das mit einem weißen Laken bedeckt war, und fühlte etwas, das mir über die Haut kroch. Ich schaute an mir hinunter und sah, daß ein Schwarm weißer Termiten das Bett aufgefressen hatte – die Matte mitsamt dem weißen Laken. Ja, Termiten hatten das Bett unter mir weggefressen.«

Ein seltsames Gefühl überkam Obi, wie kalter Tau, der sich auf seinem Kopf niederschlug.

»Am nächsten Morgen erzählte ich niemandem meinen Traum. Ich trug ihn im Herzen bei mir und fragte mich, was er bedeute. Ich nahm meine Bibel zur Hand und las den Abschnitt für den Tag. Das gab mir ein wenig Kraft, doch mein Herz hatte seinen Frieden noch nicht wiedergefunden. Nachmittags kam dein Vater mit einem Brief von Joseph, in dem er uns mitteilte, daß du eine *osu* heiraten wollest. Ich erkannte jetzt, daß der Traum meinen Tod bedeutete. Dann erzählte ich deinem Vater davon.«

Sie schwieg und holte tief Luft.

»Ich habe dir in dieser Sache nichts weiter zu sagen, außer einem: Willst du dieses Mädchen heiraten, dann mußt du warten, bis ich nicht mehr sein werde. Wenn Gott mein Gebet erhört, wirst du nicht lange warten müssen.«

Sie schwieg wieder. Obi war zutiefst erschrocken über die Veränderung, die mit ihr vorgegangen war. Sie sah so fremd aus, als habe sie plötzlich den Verstand verloren.

»Mutter!« rief er aus, als wollte sie ihn verlassen. Sie hob die Hand und gebot ihm zu schweigen.

»Wenn du es aber tust, solange ich noch am Leben bin, wird mein Blut über dich kommen, denn dann werde ich mir das Leben nehmen.« Völlig erschöpft sank sie zurück.

Obi blieb den ganzen Tag über in seinem Zimmer. Gelegentlich nickte er ein und schlief ein paar Minuten. Doch dann weckten ihn die Stimmen von Nachbarn und Bekannten, die gekommen waren, um ihn zu begrüßen. Aber er weigerte sich, irgend jemanden zu sehen. Er wies Eunice an, ihnen zu sagen, daß er sich wegen der langen Reise nicht wohl fühle. Er wußte, daß dies eine ausgesprochen schlechte Entschuldigung war. Wenn es ihm nicht gutging, dann war das ein Grund mehr, ihn zu besuchen. Er wollte jedenfalls niemanden sehen, und die Nachbarn und Bekannten waren verletzt. Einige zögerten nicht, ihre Meinung darüber frei zu äußern, anderen gelang es, so zu tun, als wäre nichts geschehen. Eine alte Frau verschrieb ihm sogar ein Heilmittel für seine Krankheit, obwohl sie den Patienten nicht gesehen hatte. Lange Reisen, so sagte sie, seien sehr beschwerlich. Deshalb sei es angebracht, eine starke Abführmedizin zu nehmen, die den ganzen Schmutz aus dem Bauch waschen werde.

Obi erschien nicht zum Abendgebet. Wie aus weiter Ferne hörte er die Stimme seines Vaters; lange sprach sie weiter und immer weiter, und jedesmal wenn sie am Schluß angelangt schien, erhob sie sich von neuem. Schließlich hörte Obi mehrere Stimmen das Vaterunser beten. Doch dies alles drang wie aus weiter Ferne an sein Ohr, wie die Stimmen der Menschen und das Summen der Insekten für einen Mann, der im Fieber liegt.

Der Vater kam mit seiner Petroleumlampe zu Obi ins Zimmer und erkundigte sich, wie es ihm gehe. Dann setzte er sich auf den einzigen Stuhl im Zimmer, hob die Lampe wieder ans Ohr und schüttelte sie. Was er hörte, befriedigte ihn, und so drehte er den Docht so weit herunter, bis die Flamme im Bauch der Lampe zu verschwinden drohte. Obi lag, ohne sich zu rühren, auf dem Rücken und schaute an die Decke aus Bambusstäben; er lag genau so, wie man ihn als Kind geheißen hatte, nicht zu schlafen. Denn es hieß, wenn man auf dem Rücken schlafe und eine Spinne quer über die Zimmerdecke laufe, dann würde man schlecht träumen.

Ihn erstaunten die belanglosen Gedanken, die ihm in dieser größten Krise seines Lebens durch den Kopf gingen. Er wartete darauf, daß sein Vater sprach, damit er ein erneutes Streitgespräch beginnen könnte, um sich zu rechtfertigen. Nicht nur die vorangegangenen Ereignisse quälten ihn, sondern darüber hinaus die Erkenntnis, daß nichts in ihm war, womit er dagegen ankäme. Den ganzen Tag über hatte er sich bemüht, seinen Zorn aufzustacheln und seine Überzeugung wachzurütteln, doch er war sich selbst gegenüber ehrlich genug, zuzugeben, daß seine Auflehnung nicht echt war, wie heftig sie bisweilen auch schien. Sie kam von der Peripherie, nicht aus dem Zentrum – wie das Zucken im Bein eines toten Frosches, wenn man es elektrisiert. Doch weil er seine gegenwärtige Verfassung nicht als endgültig akzeptieren konnte, suchte er verzweifelt nach etwas, das eine unvermeidliche Reaktion auslösen würde. Vielleicht war es eine erneute Auseinandersetzung mit seinem Vater, heftiger als die vorangegangene; es gab ein durchaus zutreffendes Sprichwort der Ibo: Sieht ein Feigling einen Mann, den er besiegen kann, bekommt er Appetit auf einen Streit. Obi hatte entdeckt, daß er seinen Vater besiegen konnte.

Doch Obis Vater saß schweigend und verweigerte ihm den Kampf. Obi drehte sich zur Seite und holte tief Luft. Aber der Vater sagte noch immer nichts.

»Ich werde übermorgen nach Lagos zurückfahren«, sagte Obi schließlich.

»Hast du nicht gesagt, du hättest eine Woche Zeit, um bei uns zu bleiben?«

»Doch, aber ich glaube, es ist besser, wenn ich früher gehe.«

Danach herrschte wieder langes Schweigen. Endlich begann der Vater zu sprechen, doch nicht über das, was ihrer beider Gedanken beschäftigte. Er hob langsam und leise an, so leise, daß er kaum zu hören war. Es schien, als richtete er seine Worte nicht wirklich an seinen Sohn. Er schaute zur Seite, so daß Obi nur den vagen Umriß seines Gesichtes erkennen konnte.

»Ich war noch ein Junge, als ich das Haus meines Vaters verließ und mich den Missionaren anschloß. Mein Vater sprach einen Fluch über mich aus. Ich war nicht da, als es geschah, doch meine Brüder berichteten mir, daß es tatsächlich so geschehen sei. Es ist schrecklich, wenn ein Mann sein eigenes Kind verflucht. Und ich war sein erstgeborener Sohn.«

Obi hatte noch nie von diesem Fluch gehört. Bei hellem Tageslicht und unter glücklicheren Umständen hätte er der Angelegenheit keine weitere Bedeutung beigemessen. Doch an jenem Abend fühlte er sich von Mitleid mit seinem Vater seltsam bewegt.

»Als sie mir die Nachricht brachten, daß er sich erhängt hatte, sagte ich, daß jene, die das Schwert zur Hand nehmen, durch das Schwert umkommen werden. Mr. Braddeley, der Weiße, der unser Lehrer war, wies mich zurecht, daß ich das nicht sagen dürfe, und befahl mir, zur Beerdigung nach Hause zu gehen. Ich weigerte mich. Mr. Braddeley dachte, ich hätte den Amtsboten des Weißen Mannes gemeint, den mein Vater umgebracht hatte. Er wußte nicht, daß ich von Ikemefuna sprach, mit dem ich in der Hütte meiner Mutter groß geworden war, bis ihn mein Vater eines Tages eigenhändig tötete.« Er hielt inne, um seine Gedanken zu sammeln, dann drehte er sich um und wandte sich dem Bett zu, auf dem Obi lag. »Ich erzähle dir dies alles, damit zu weißt, was es in jenen Tagen bedeutete, Christ zu werden. Ich verließ das Haus meines Vaters, und er sprach einen Fluch über mich aus. Ich ging durchs Feuer, um Christ zu werden. Weil ich gelitten habe, verstehe ich den christlichen Glauben – besser, als du ihn jemals verstehen wirst.« Unvermittelt brach er ab. Obi dachte, er mache eine Pause, doch er hatte zu Ende gesprochen.

Obi kannte die traurige Geschichte von Ikemefuna, der als Sühneopfer vom Nachbardorf nach Umuofia gekommen war. Obis Vater und Ikemefuna waren unzertrennlich gewesen. Doch eines Tages hatte das Orakel der Hügel und Höhlen den Tod des Jungen verlangt. Obis Großvater liebte den Jungen sehr. Doch als der Augenblick kam, war es sein Buschmesser, das ihn erschlug. Selbst in jenen Tagen hatten einige der Alten Männer gesagt, daß es ein großes Unrecht sei, wenn ein Mann die Hand gegen ein Kind erhebe, das ihn Vater nenne.

Fünfzehntes Kapitel

Obi legte die ungefähr fünfhundert Meilen zwischen Umuofia und Lagos in einer Art Betäubung zurück. Er hatte nicht einmal zum Mittagessen in Akure haltgemacht, der üblichen Zwischenstation für Reisende von Ostnigeria nach Lagos.

Wie betäubt war er Meile um Meile gefahren, vom Morgen bis zum Abend. Nur einmal, kurz vor Ibadan, wurde die eintönige Reise lebhaft. Er war schnell um eine scharfe Kurve gebogen, als er sich zwei Lastwagen gegenübersah, von denen einer den anderen überholte. Weniger als eine halbe Sekunde lag zwischen Obi und einem Frontalzusammenstoß. In dieser halben Sekunde riß er seinen Wagen herum und fuhr in den Busch auf der linken Straßenseite.

Der eine Lastwagen hielt an, doch der andere setzte seinen Weg fort. Fahrer und Insassen des freundlichen Wagens stürzten heraus, um zu sehen, ob Obi etwas zugestoßen sei. Er wußte selbst noch nicht, ob ihm etwas fehle. Sehr zur Freude der weiblichen Fahrgäste, die bereits in Tränen ausgebrochen waren und die Hände vor die Brust geschlagen hatten, halfen sie ihm, den Wagen aus dem Busch zu schieben. Erst als das Auto wieder auf der Straße stand, begann Obi zu zittern.

»Da hast du aber schwer Glück gehabt«, sagten Fahrer und Reisende einmütig – einige in Englisch und andere in Yoruba. »Diese rücksichtslosen Fahrer!« sagte der Mann und schüttelte traurig den Kopf. »*Olorun* – mein Gott!« Er legte die Angelegenheit in Gottes Hand. »Hast du aber ein Glück – kein großer Baum auf dieser Straßenseite. Wenn du nach Hause kommst, kannst du deinem Gott danken!«

Obi untersuchte den Wagen und fand, daß er abgesehen von ein oder zwei kleinen Dellen nicht beschädigt war.

»Du gehst nach Lagos?« fragte der Fahrer. Obi nickte, noch immer unfähig zu sprechen.

»Du mußt langsam fahren – *jeje*. Auf dieser Straße gibt's zu viele Teufel. Wenn du einen Unfall wie wir bei Abeokuta siehst – *Olorun*!«

Mit über der Brust verschränkten Armen redeten die Frauen aufgeregt durcheinander und starrten Obi an, als wäre er eine Wundererscheinung. Eine von ihnen wiederholte unablässig in gebrochenem Englisch, daß er Gott danken müsse. Ein Mann pflichtete ihr bei: »Nur der mächtige Gott hat gemacht, daß du noch reden kannst.« In Wirklichkeit redete Obi überhaupt nicht, doch das Argument war trotzdem zwingend.

»Diese Fahrer, wehe ihnen!«

»Nicht alle Fahrer sind so rücksichtslos«, sagte der gute Fahrer. »Dieser war ein verrückter Kerl. Ich gebe ihm Zeichen, er soll nicht überholen, aber er kommt *fiam*.« Zusammen mit einer bestimmten Armbewegung bedeutete dieses letzte Wort *rasende Geschwindigkeit*.

Die weitere Reise war ohne Zwischenfälle verlaufen. Es wurde bereits dunkel, als Obi in Lagos ankam. Das große Schild, das Autofahrer im Bereich der Bundeshauptstadt Lagos willkommen hieß, ließ Panik in ihm aufkommen. Während der letzten Nacht zu Hause hatte er sich zurechtgelegt, wie er es Clara beibringen würde. Er würde nicht zuerst in seine Wohnung gehen, um Clara dann später aufzusuchen. Es wäre besser, bei ihr vorbeizufahren und sie mitzunehmen. Doch als er nach Yaba kam, wo sie wohnte, beschloß er, daß es doch besser sei, zuerst nach Hause zu fahren und dann zurückzukommen. Also fuhr er weiter.

Er wusch sich und zog sich um. Dann setzte er sich auf sein Sofa und fühlte sich zum ersten Mal wirklich müde. Christopher könnte ihm vielleicht einen nützlichen Rat geben, ging es ihm durch den Sinn. Er stieg ins Auto und fuhr weg, ohne genau zu wissen, ob er zu Christopher oder zu

Clara fahren würde. Aber schließlich war es Clara, die er aufsuchte.

Unterwegs begegnete er einer langen Prozession von Männern, Frauen und Kindern in weißen, wallenden Gewändern, die von roten und gelben Bändern zusammengehalten wurden. Die Frauen, die in der Überzahl waren, trugen weiße Kopftücher, die bis auf den Rücken hinabhingen. Sie sangen, klatschten in die Hände und tanzten. Einer der Männer gab mit einer Schelle in der Hand den Rhythmus an. Sie hielten den gesamten Verkehr auf, wofür Obi innerlich dankbar war. Doch ungeduldige Taxifahrer eröffneten ein langes und ohrenbetäubendes Hupkonzert, bis sie langsam auseinandergingen, um die Wagen durchzulassen. Vorneweg trugen zwei weißgekleidete Knaben ein Transparent, das die Ewige Heilige Ordnung der Cherubim und Seraphim verkündete.

Obi hatte sein Bestes getan, um die ganze Angelegenheit als unwichtig darzustellen. Ein momentaner Rückschlag, sonst nichts. Alles würde schließlich gut werden. Das Gemüt seiner Mutter sei durch die lange Krankheit etwas angegriffen, doch sie würde bald darüber hinwegkommen. Und was seinen Vater betraf, so war er so gut wie gewonnen. »Wir brauchen nichts anderes zu tun, als uns ein wenig still zu verhalten«, sagte er.

Clara hatte schweigend zugehört und polierte ihren Verlobungsring mit den Fingern der rechten Hand. Als er zu Ende gesprochen hatte, schaute sie auf und fragte, ob er fertig sei. Er antwortete nicht.

»Bist du fertig?« fragte sie wieder.

»Fertig womit?«

»Mit deiner Geschichte.« Anstatt zu antworten, seufzte Obi tief auf.

»Glaubst du nicht ... Egal, es tut nichts zur Sache. Nur eines bedaure ich. Ich hätte es auf alle Fälle besser wissen müssen. Aber es ist wirklich einerlei.«

»Wovon redest du, Clara? ... Meine Güte, was soll der Unsinn?« fragte er, als sie ihren Ring vom Finger zog und ihm die Hand mit dem Ring darauf hinhielt.

»Wenn du ihn nicht nimmst, werfe ich ihn zum Fenster hinaus.«

»Bitte.«

Sie warf ihn nicht weg, sondern ging hinaus zu seinem Wagen und ließ den Ring in das Handschuhfach fallen. Sie kam zurück, und während sie ihm in gespielter Scherzhaftigkeit die Hand reichte, sagte sie: »Besten Dank für alles.«

»Komm doch und setz dich, Clara. Sei nicht so kindisch. Und bitte, mach das Ganze nicht noch schwerer für mich.«

»Du machst es dir selbst schwer. Wie oft habe ich dir gesagt, daß wir uns etwas vormachen, und jedsmal mußte ich mir anhören, ich wäre kindisch. Aber das ist ja jetzt egal. Langes Gerede erübrigt sich.«

Obi setzte sich wieder. Clara lehnte sich ans Fenster und schaute hinaus. Einmal setzte Obi an, etwas zu sagen, doch nach den ersten drei Worten gab er es wieder auf. Nach weiteren zehn Minuten des Schweigens fragte Clara, ob es nicht besser sei, wenn er jetzt gehe.

»Ja«, sagte er und stand auf.

»Gute Nacht.« Sie drehte sich nicht um. Sie kehrte ihm den Rücken zu.

»Gute Nacht«, sagte er.

»Da ist noch etwas, das ich dir sagen wollte, aber es ist jetzt egal. Ich hätte besser auf mich aufpassen sollen.«

Obis Herz pochte bis zum Hals. »Was ist los?« fragte er in größter Bestürzung.

»Ach nichts, vergiß es. Ich werde schon einen Ausweg finden.«

Obi war über die Roheit, mit der Christopher auf seinen Bericht reagierte, schockiert. Er sagte die unfreundlichsten Dinge, die man sich denken kann, und außerdem unterbrach er ihn unablässig. Sobald Obi den Widerstand seiner Eltern erwähnte, nahm ihm Christopher das Wort aus dem Mund.

»Weißt du, Obi«, sagte er, »ich wollte eigentlich schon lange mit dir über diese Sache sprechen. Aber ich habe gelernt, mich nicht in Angelegenheiten zwischen Männern und Frauen einzumischen, besonders wenn es sich um einen Kerl wie dich handelt, der wunderbare Vorstellungen von der Liebe hat. Letztes Jahr kam ein Freund zu mir und bat mich um Rat wegen eines Mädchens, das er heiraten wollte. Ich kannte dieses Mädchen sehr, sehr gut. Sie ist äußerst freizügig, weißt du. Deshalb riet ich meinem Freund: ›Du solltest dieses Mädchen nicht heiraten.‹ Weißt du, was der blöde Kerl tat? Er ging hin und erzählte dem Mädchen, was ich gesagt hatte. Deshalb habe ich auch zu dir nichts über Clara gesagt. Auch wenn du mich für kleinkariert hältst, ich glaube nicht, daß wir schon so weit sind, alle unsere Traditionen einfach ignorieren zu können. Du kannst jetzt Bildung und was du willst ins Feld führen, aber ich werde trotzdem keine *osu* heiraten.«

»Von deiner Hochzeit ist hier nicht die Rede.«

»Verzeihung. Aber was hat deine Mutter nun wirklich gesagt?«

»Sie hat mir einen echten Schrecken eingejagt. Sie sagte, ich solle warten, bis sie tot sei, sonst nehme sie sich das Leben.«

Christopher lachte. »In unserem Dorf war eine Frau, die kehrte eines Tages vom Markt zurück und sah, daß ihre beiden Kinder in den Brunnen gestürzt und ertrunken waren. Sie weinte den ganzen Tag lang und auch noch den nächsten und sagte, sie wolle sich auch in den Brunnen stürzen. Natürlich hielten sie die Nachbarn jedesmal, wenn sie zu dem Brunnen wollte, davon ab. Aber nach drei Tagen wurde es ihrem Mann zu bunt, und er befahl, daß man sie allein ließe, damit sie tun könne, was sie wolle. Sie rannte zu dem Brunnen, doch als sie da war, schaute sie zuerst hinunter, dann streckte sie den rechten Fuß über den Rand, zog ihn wieder zurück und versuchte es mit dem linken . . .«

»Wie interessant!« unterbrach ihn Obi. »Aber ich kann dir versichern, meiner Mutter war es ernst mit jedem Wort, das sie sagte. Egal, ich wollte dich eigentlich noch etwas ganz anderes fragen. Ich glaube, sie ist schwanger.«

»Wer?«

»Frag doch nicht so blöd. Clara natürlich.«

»Tja, nun . . . das kann schwierig werden.«

»Kennst du irgendeinen . . .«

»Arzt? Nein. Aber ich weiß, daß James ein paar Ärzte aufsuchte, als er neulich in Schwierigkeiten war. Paß auf, ich werde ihn morgen früh danach fragen und dich dann anrufen.«

»Nein, nicht übers Telephon.«

»Warum nicht? Ich werde dir nur die Adressen vorlesen. Es wird dich einiges Geld kosten. Natürlich hältst du mich jetzt für hartherzig, aber ich habe eben eine ganz andere Einstellung zu diesen Dingen. Als ich in der Ost-Region war, kam ein Mädchen zu mir und sagte: ›Ich kann meine Tage nicht mehr finden.‹ Ich sagte zu ihr: ›Dann geh und suche sie!‹ Das hört sich hart an, aber . . . ich weiß nicht. Ich sehe das so: Woher soll ich wissen, daß ich der Verantwortliche bin? Ich vergewissere mich, daß ich alle notwendigen und möglichen Vorsichtsmaßnahmen getroffen habe, und damit hat sich die Sache. Ich weiß, daß es in deinem Fall anders ist. Clara hatte für keinen außer dir Zeit, und trotzdem . . .«

Etwas an Obis Verhalten mußte dem alten Arzt Bedenken eingeflößt haben. Zu Beginn ihrer Unterhaltung schien er durchaus hilfsbereit zu sein und stellte auch einige mitfühlende Fragen. Dann war er in das anliegende Zimmer gegangen, und als er wieder zurückkam, war er völlig verändert.

»Es tut mir leid, junger Mann, aber ich kann Ihnen nicht helfen. Sie verlangen von mir, daß ich eine Straftat begehe, für die ich möglicherweise ins Gefängnis komme und meine Lizenz verliere. Doch ganz abgesehen davon habe ich meinen guten Ruf zu wahren – ich praktiziere seit zwanzig Jahren, ohne einen einzigen Fleck auf der Weste. Wie alt sind Sie?«

»Sechsundzwanzig.«

»Sechsundzwanzig. Sie waren also sechs Jahre alt, als ich meine Arztpraxis eröffnete. Und in all den Jahren hatte ich nichts mit diesen zwielichtigen Dingen zu tun. Warum heirateten Sie das Mädchen eigentlich nicht? Sie sieht sehr gut aus.«

»Ich will ihn nicht heiraten«, sagte Clara mürrisch. Es waren die ersten Worte, seit sie hereingekommen waren.

»Was haben Sie denn gegen ihn? Er scheint mir ein netter junger Mann zu sein.«

»Ich will ihn aber nicht heiraten. Genügt das nicht?«

Clara schrie fast, stand dann auf und rannte aus dem Zimmer. Obi folgte ihr still, und sie fuhren weg. Auf dem Weg zum Haus des nächsten Arztes, der Obi empfohlen worden war, fiel kein einziges Wort zwischen den beiden.

Er war jung und sehr geschäftsmäßig. Er sagte, er finde keinen Geschmack an dem, was sie von ihm verlangten. »Es hat nichts mit der ärztlichen Kunst zu tun«, sagte er. »Ich bin nicht sieben Jahre lang in England gewesen, um *das* zu studieren. Ich werde es jedoch für Sie tun, wenn Sie bereit sind, mein Honorar zu bezahlen. Dreißig Pfund. Zu bezahlen, ehe ich irgendeine Behandlung beginne. Keinen Scheck. Bares Geld. Was sagen Sie dazu?«

Obi fragte, ob er es nicht auch für etwas weniger als dreißig Pfund machen würde.

»Tut mir leid, aber mein Preis steht fest. Es ist eine sehr kleine Operation, aber es ist ein Verbrechen. Wir sind doch alle Verbrecher. Ich gehe ein sehr großes Risiko ein. Gehen

Sie jetzt und überlegen Sie sich die Sache. Kommen Sie morgen nachmittag um zwei Uhr mit dem Geld wieder.« Er rieb sich auf eine Weise die Hände, die Obi besonders unheilverkündend erschien. »Wenn Sie kommen«, sagte er zu Clara, »dürfen Sie vorher nichts essen.«

Als sie hinausgingen, fragte er Obi: »Warum heiraten Sie eigentlich nicht?« Er erhielt keine Antwort.

Sechzehntes Kapitel

Das dringendste Problem war nun, vor zwei Uhr am nächsten Tag dreißig Pfund zu beschaffen. Auch Claras fünfzig Pfund mußten zurückerstattet werden. Doch das konnte warten. Das einfachste wäre, zu einem Geldverleiher zu gehen, dreißig Pfund zu leihen und zu unterschreiben, daß er sechzig erhalten hätte. Doch eher würde er Selbstmord begehen, als einen Geldverleiher aufzusuchen.

Er hatte bereits nachgezählt, was von dem Geld, das er mit nach Hause genommen hatte, noch übrig war. Er schaute noch einmal in seiner Kasse nach. Es waren zwölf Pfund in Banknoten, außerdem noch einige Münzen, die er in der Hosentasche hatte. Er hatte nur fünf Pfund für seine Mutter dagelassen, und seinem Vater hatte er nichts gegeben, denn er hatte beschlossen, daß er so, wie die Dinge standen, Claras fünfzig Pfund so bald wie möglich auftreiben müsse.

Christopher um Geld anzugehen wäre zwecklos. Sein Gehalt reichte nie länger als bis zum Zehnten des Monats. Das einzige, was ihn vor dem Hungertod bewahrte, war das brillante System, das er mit seinem Koch entwickelt hatte. Zu jedem Monatsanfang übergab ihm Christopher das ganze ›Bratengeld‹ für den Monat. »Bis zum nächsten Zahltag«, sagte er dann, »liegt mein Leben in deinen Händen.«

Obi hatte ihn einmal gefragt, was wäre, wenn der Mann sich mitten im Monat mit dem Geld davonmachte. Christopher sagte, er wisse genau, daß er dies nie tun werde. Es war äußerst ungewöhnlich, daß ein ›Herr‹ soviel Vertrauen in einen ›Boy‹ setzte, auch wenn wie in diesem Fall der Boy fast doppelt so alt war wie sein Herr und ihn wie einen Sohn behandelte.

In seiner höchsten Not zog Obi sogar den Präsidenten der *Progressiven Union von Umuofia* in Betracht. Doch bevor er diesen Schritt unternähme, würde er noch eher zu einem Geldverleiher gehen. Abgesehen von der Tatsache, daß sich der Präsident Informationen darüber ausbitten würde, warum ein junger Mann im höheren Dienst von einem Familienvater, der weniger als die Hälfte seines Gehaltes verdiente, Geld leihen wollte, würde es so aussehen, als habe sich Obi der Regel unterworfen, daß einem die eigenen Leute in der Stadt vorschreiben konnten, wen man heiraten dürfe und wen nicht. So tief bin ich noch nicht gesunken«, sagte er laut.

Plötzlich kam ihm ein ausgezeichneter Einfall. Vielleicht war er nicht ganz so gut, wenn man ihn näher besah, doch er war viel besser als seine anderen Einfälle. Er würde den Ehrenwerten Sam Okoli um das Geld bitten. Er würde ihm ganz offen sagen, wofür er es brauchte und daß er es innerhalb von drei Monaten zurückzahlen würde. Aber vielleicht sollte er ihm lieber nicht sagen, wofür er das Geld benötigte. Es war nicht fair Clara gegenüber, es auch nur einer einzigen Person mehr, als unbedingt nötig war, zu erzählen. Er hatte mit Christopher nur darüber gesprochen, weil er angenommen hatte, Christopher werde wissen, welche Ärzte zu konsultieren seien. Sofort als er an jenem Abend in seine Wohnung zurückgekommen war, war ihm eingefallen, daß er die Notwendigkeit der Geheimhaltung nicht genügend unterstrichen hatte, und er war ans Telephon gestürzt. Es gab nur ein einziges Telephon für alle sechs Wohnungen, doch es befand sich genau vor seiner Wohnungstür.

»Hallo, ja, Chris. Ich hab was vergessen. Wenn du dir von deinem Freund die Adressen geben läßt, dann sag ihm nicht, für wen du sie brauchst ... Es geht ja nicht um mich, aber ... du weißt schon.«

Christopher gab ihm – glücklicherweise in Ibo – zur Antwort, daß sich eine Schwangerschaft nicht hinter der Hand verbergen lasse.

Obi sagte, er solle sich nicht so blöd anstellen. »Ja, morgen früh. Nicht im Büro, nein, hier. Ich fange erst nächste Woche, Mittwoch, wieder an zu arbeiten. O ja! Vielen Dank. Bye-bye.«

Der Arzt zählte sorgfältig das Bündel Banknoten und steckte es in die Tasche. »Kommen Sie um fünf wieder«, damit entließ er Obi. Doch als Obi im Wagen saß, brachte er es nicht fertig, wegzufahren. Alle möglichen schrecklichen Gedanken drängen sich ihm auf. Er glaubte nicht an Vorahnungen und dergleichen, doch aus irgendeinem Grund spürte er, daß er Clara nicht wiedersehen würde.

Als er so in seinem Wagen saß, von seinen Gedanken wie gelähmt, kamen der Arzt und Clara auf die Straße und stiegen in einen am Straßenrand geparkten Wagen. Der Arzt mußte wohl etwas über ihn gesagt haben, denn Clara schaute in seine Richtung und wandte dann sofort den Blick ab. Obi wollte aus dem Auto stürzen und rufen: »Halt. Komm, wir heiraten sofort«, doch er war völlig unfähig dazu. Der Wagen des Arztes fuhr weg.

Nicht mehr als eine Minute, höchstens zwei waren vergangen. Obis Entschluß war gefaßt. Er drehte den Wagen und jagte hinter dem Arzt und Clara her, um sie aufzuhalten. Doch sie waren nicht mehr zu sehen. Er versuchte es in einer Querstraße und dann in der nächsten. Er überquerte in rasendem Tempo eine Hauptstraße, und ein riesiger Bus verfehlte ihn um Haaresbreite. Er setzte zurück, fuhr vorwärts, bog nach links und bog nach rechts ab, wie eine in Panik geratene Fliege hinter der Windschutzscheibe. Radfahrer und Fußgänger beschimpften ihn. An einer Stelle erhob sich ganz Lagos in lautem Protest: »EINBAHNSTRASSE! EINBAHNSTRASSE!« Er hielt an, setzte in eine Seitenstraße zurück und fuhr dann in der entgegengesetzten Richtung weiter.

Nach ungefähr einer halben Stunde dieser verrückten und ziellosen Betätigung fuhr Obi an den Straßenrand und hielt an. Er suchte erst in der rechten, dann in der linken Hosentasche nach einem Taschentuch. Da keines zu finden war, rieb er sich mit dem Handrücken die Augen. Dann lehnte er sich mit dem Kopf auf den Armen übers Steuerrad. Wo Gesicht und Arme sich berührten, wurde es langsam feucht, und bald floß der Schweiß in Strömen. Es war um die heißeste Tageszeit und in der heißesten Zeit des Jahres – in den beiden Monaten, bevor die Regenzeit anbrach. Die Luft war tot, schwer und heiß. Sie hatte sich wie ein Mantel aus Blei über die Erde gelegt. Im Inneren von Obis Wagen war es noch schlimmer. Da die hinteren Fenster nicht offen waren, hatte sich die Hitze angestaut. Er bemerkte es nicht, und hätte er es bemerkt, dann hätte er wohl auch nichts dagegen unternommen.

Um fünf Uhr fuhr er zu der Klinik zurück. Die Assistentin des Arztes sagte, er sei nicht da. Obi fragte, ob sie wisse, wohin er gegangen sei. Das Mädchen antwortete mit einem kurzen und barschen »Nein«.

»Ich muß ihm etwas sehr Wichtiges sagen. Können Sie nicht versuchen zu erfahren, wo er ist . . . oder . . .«

»Ich weiß nicht, wohin er gegangen ist«, sagte sie. Ihre Stimme klang ungefähr so sanft, wie wenn man Hartholz mit einer Axt spaltet.

Obi wartete anderthalb Stunden, bis der Arzt schließlich kam – ohne Clara. Der Schweiß lief ihm vom ganzen Körper.

»Oh, Sie sind hier?« sagte der Arzt. »Kommen Sie morgen früh wieder.«

»Wo ist sie?«

»Machen Sie sich keine Sorgen, es wird ihr bald wieder gutgehen. Aber ich möchte sie heute nacht unter Beobachtung halten, falls es Komplikationen geben sollte.«

»Kann ich nicht zu ihr?«

»Nein. Morgen früh. Das heißt, wenn sie es möchte. Frauen sind sehr merkwürdige Geschöpfe, wissen Sie.«

Er wies seinen Hausdiener Sebastian an, kein Abendessen zu kochen.

»Master geht's nicht gut?«

»Nein.«

»Tut mir leid, Sir.«

»Vielen Dank. Du kannst jetzt gehen. Morgen früh bin ich wieder in Ordnung.«

Er brauchte jetzt ein Buch, um ein bißchen zu lesen, also ging er an sein Bücherregal. Der Pessimismus eines A. E. Housman erwies sich wieder einmal als unwiderstehlich. Er nahm das Buch heraus und ging ins Schlafzimmer. Das Buch klappte da auf, wo er den Zettel hineingelegt hatte, auf den er vor ungefähr zwei Jahren in London das Gedicht »Nigeria« geschrieben hatte.

Gott segne unser edles Land,
Du Land der Väter, Land im Sonnenlicht;
Den Weg des Friedens wählt der tapfren Männer Hand
Auf ihm dem Sieg der Freiheit nichts gebricht.
Daß uns erhalten bleib ein lautres Herz,
Daß Lebenslust uns bleib und froher Scherz.
Gott segne unserm edlen Volk das Leben,
Männern und Frauen überall;
Lehr sie geeint nach einem Ziel zu streben –
Eine Nation nach unsres Herzens Wahl.
Vergessen sei Region, Sprach oder Stamm,
Daß einer stets dem andern tue Gutes an.

London, Juli 1955

Gelassen nahm er den Zettel heraus und zerknüllte ihn in der linken Hand zu einer winzigen Kugel, warf sie auf den Boden und begann, die Seiten des Buches von vorn nach hinten und von hinten nach vorn durchzublättern. Schließlich las er dann keines der Gedichte. Er legte das Buch auf den kleinen Tisch neben seinem Bett.

Der Arzt hielt seine Vormittagssprechstunde ab. Die Patienten saßen auf zwei langen Bänken im Flur und wurden der Reihe nach hinter die grünen Türvorhänge des Sprechzimmers gerufen. Obi sagte der Sprechstundenhilfe, er sei zwar kein Patient; doch er habe eine dringende Verabredung mit dem Arzt. Es war nicht dieselbe junge Dame wie am Tag zuvor.

»Was für eine Verabredung haben Sie denn mit dem Doktor, wenn Sie nicht Patient sind?« fragte sie. Einige der wartenden Patienten lachten und applaudierten ihrer Schlagfertigkeit.

»Ein Mann, der nicht krank ist und zum Doktor kommt?« wiederholte sie für jene, denen etwa die Feinheiten ihrer ersten Bemerkung entgangen waren.

Obi ging unruhig im Flur auf und ab, bis der Arzt wieder klingelte. Die Sprechstundenhilfe versuchte, sich ihm in den Weg zu stellen, doch er schob sie einfach beiseite und ging hinein. Sie rannte hinter ihm her und protestierte, daß er sich vorgedrängt habe. Doch der Arzt beachtete sie nicht.

»Ach ja«, sagte er zu Obi nach einem Augenblick des Zögerns, als versuchte er sich zu erinnern, wo er dieses Gesicht schon einmal gesehen hatte. »Sie ist in einem privaten Krankenhaus. Ich habe Ihnen ja gesagt, daß es bei manchen Frauen zu Komplikationen kommt. Aber es ist nichts Besorgniserregendes. Ein Freund von mir betreut sie in seinem Krankenhaus.« Er gab Obi die Adresse.

Als Obi herauskam, erwartete ihn einer der Patienten, um ein Wörtchen mit ihm zu reden.

»Du denkst wohl, weil du ein Auto von der Regierung hast, kannst du dich aufführen, wie es dir paßt? Wir warten hier alle, und du gehst einfach hinein? Glaubst du, wir sind zum Spaß hier!?«

Obi ging wortlos an ihm vorüber.

»Dummkopf! Nur weil er ein Auto hat, meint er, er kann tun, was er will. Scheusal – weiß nicht, wo er hingehört!«

Im Krankenhaus erfuhr Obi von einer Schwester, daß Clara sehr krank sei und nicht besucht werden dürfe.

Siebzehntes Kapitel

»War's schön im Urlaub?« fragte Mr. Green, als er Obi sah. Die Frage kam so unerwartet, daß Obi einen Augenblick lang zu verwirrt war, um eine Antwort zu finden. Doch es gelang ihm schließlich zu sagen, ja, vielen Dank.

»Ich bin immer wieder von neuem erstaunt, daß Leute wie Sie die Dreistigkeit besitzen, um Kurzurlaub zu bitten. Ursprünglich war dieser Kurzurlaub für Europäer gedacht, die ab und zu die Möglichkeit haben sollten, sich in einer kühleren Gegend, wie in Jos oder Buea, zu erholen. Heutzutage ist es völlig überflüssig. Daß ein Afrikaner wie Sie, der sowieso zu viele Privilegien hat, um zwei Wochen Urlaub für eine Vergnügungsreise bittet, das ist einfach zum Heulen!«

Obi bemerkte, daß es ihm nichts ausmache, wenn der Kurzurlaub abgeschafft werde. Doch dies zu entscheiden sei Sache der Regierung.

»Sie und Ihresgleichen sollten die Regierung dahin gehend beeinflussen. Das habe ich schon immer gesagt. Kein einziger Nigerianer ist bereit, im Interesse seines Landes auf ein kleines Privileg zu verzichten. Das fängt bei euren Ministern an und geht bis zum kleinsten Verwaltungsangestellten. Und trotzdem redet ihr davon, euer Land selbst regieren zu wollen!«

Ein Anruf für Mr. Green unterbrach das Gespräch. Er ging in sein Büro, um ihn dort entgegenzunehmen.

»Es ist schon einiges Wahre an dem, was er sagt«, wagte Marie nach einer angemessenen Pause zu bemerken.

»Ganz sicher.«

»Ich meine damit jetzt überhaupt nicht dich. Aber ganz ehrlich – hier gibt es zuviel Urlaub. Nicht daß ich persönlich was dagegen hätte. In England hatte ich im ganzen Jahr nie mehr als zwei Wochen Urlaub, und hier – vier Monate!«

In diesem Augenblick kam Mr. Green zurück.

»Daran sind nicht die Nigerianer schuld«, erwiderte Obi. »Ihr habt diese günstigen Arbeitsbedingungen für euch selbst eingeführt, als noch jeder Weiße automatisch im höheren Dienst und jeder Afrikaner automatisch im mittleren Dienst war. Jetzt, wo einige von uns zum höheren Dienst zugelassen worden sind, stellt ihr euch gegen uns und schiebt uns die Schuld zu.«

Mr. Green ging weiter und betrat Mr. Omos Büro nebenan.

»Ja, das stimmt vielleicht«, sagte Marie, »aber es wäre höchste Zeit, alle islamischen Feiertage abzuschaffen.«

»Nigeria ist doch ein islamisches Land!«

»Aber nein. Du sprichst bloß vom Norden.«

So stritten sie noch eine Weile hin und her, bis Marie plötzlich von etwas anderem anfing.

»Du siehst schlecht aus, Obi.«

»Es ging mir auch nicht gut.«

»Das tut mir aber leid. Was hast du? Fieber?«

»Ja, einen leichten Malariaanfall.«

»Warum nimmst du kein Resochin?«

»Ich vergesse es manchmal.«

»Ts, ts, dann schäm dich«, sagte sie. »Was meint denn deine Verlobte dazu? Sie ist doch Krankenschwester.«

Obi nickte.

»An deiner Stelle würde ich zum Arzt gehen. Du siehst wirklich krank aus, glaub mir.«

Etwas später am Vormittag suchte Obi Mr. Omo auf, um ihn wegen eines Gehaltsvorschusses um Rat zu fragen. Mr. Omo war zuständig für Allgemeine Dienstanweisungen und Gehaltsverordnungen, und er würde ihm sagen können, ob ein solcher Vorschuß überhaupt möglich war, und wenn ja, unter welchen Bedingungen. Obi war fest entschlossen, Clara die fünfzig Pfund zurückzugeben. Er mußte das Geld in den nächsten zwei Monaten aufbringen und auf ihr Bankkonto einzahlen. Vielleicht würden sie beide die gegenwärtige Krise überwinden, vielleicht auch nicht. Was immer die Zukunft bringen würde, Clara mußte ihr Geld zurückbekommen.

Nach langem Bemühen war es ihm gelungen, sie im Krankenhaus zu besuchen. Doch als sie ihn sah, hatte sie sich sofort abgewandt und zur Wand gedreht. Außer Clara waren noch andere Patientinnen im Zimmer, und die meisten hatten beobachtet, was geschehen war. Obi hatte sich noch nie in seinem Leben so gedemütigt gefühlt. Er hatte das Zimmer sofort verlassen.

Mr. Omo meinte, daß unter besonderen Bedingungen ein Gehaltsvorschuß durchaus möglich sei. Die Art, wie er es sagte, ließ vermuten, daß die besonderen Bedingungen mit einer persönlichen Gefälligkeit für Mr. Omo zusammenhingen.

»Und übrigens«, fuhr Mr. Omo fort und ließ das Thema Vorschuß fallen, »müssen Sie mit Belegen die fünfundzwanzig Pfund abrechnen und den Rest zurückzahlen.«

Obi hatte nicht gewußt, daß das Urlaubsgeld kein Geschenk war, über das man frei verfügen konnte. Zu seinem großen Entsetzen erfuhr er nun, daß es ihm nur gestattet war, für jede Meile der Hin- und Rückreise einen gewissen Betrag abzurechnen, und das wiederum nur bis zu dem Betrag von fünfundzwanzig Pfund. Mr. Omo nannte dies »Abrechnung über tatsächlich entstandene Reisekosten«.

Obi kehrte an seinen Schreibtisch zurück und begann mit Hilfe einer Meilentabelle zu rechnen. Dabei entdeckte er, daß die Reise von Lagos nach Umuofia und zurück nicht mehr als fünfzehn Pfund kostete. »Zu dumm!« dachte er. Mr. Omo hätte ihm das auch sagen können, als er ihm die fünfundzwanzig Pfund aushändigte. Doch nun war es ohnehin zu spät. Er konnte unmöglich zehn Pfund zurückzahlen. Es blieb ihm nichts anderes übrig, als anzugeben, er hätte seinen Urlaub in Kamerun verbracht. Schade!

Diese Krise in Obis Leben hatte eine wichtige Konsequenz – zum ersten Mal überhaupt untersuchte er kritisch die Beweggründe seines Handelns. Und dabei traten Dinge zutage, die er nur als bloße Schaumschlägerei bezeichnen konnte. Zum Beispiel diese monatlichen zwanzig Pfund an die *Union*, die sich nach eingehender Überprüfung als die Hauptursache all seiner Schwierigkeiten herausstellten. Warum hatte er seinen Stolz nicht geschluckt und den viermonatigen Zahlungsaufschub akzeptiert, den sie ihm, wenn auch widerwillig, zugestanden hatten? Konnte man sich in seiner Position diesen Stolz leisten? Gab es in seinem Volk nicht ein wohlbekanntes Sprichwort, in dem es hieß, ein Mann dürfe niemals aus Stolz oder Vornehmheit den Schleim hinunterschlucken, der ihm im Hals steckt?

Nachdem er die Situation in der richtigen Beleuchtung besehen hatte, beschloß Obi, die Zahlungen vorerst einzustellen, bis wieder günstigere Zeiten kämen. Die Frage war nur, ob er den Stadtverband der *Union* von diesem Entschluß informieren sollte. Auch hier entschied er sich dagegen. Er würde ihnen nicht noch einmal die Gelegenheit geben, sich in seine persönlichen Angelegenheiten einzumischen. Er würde einfach die Zahlungen einstellen, und sollten sie ihn nach dem Grund fragen, so würde er vorgeben, er hätte familiäre Verpflichtungen, denen er zuerst nachkommen müßte. Alle wußten, was es hieß, familiäre Verpflichtungen zu haben, und sie würden dafür Verständnis aufbringen. Sollte das nicht der Fall sein, konnte man auch nichts machen. Sie würden bestimmt keinen ihrer Landsleute vor Gericht bringen, schon gar nicht wegen einer solchen Sache!

Während er über diese Dinge nachdachte, ging die Tür auf, und ein Bote trat ein. Unwillkürlich sprang Obi auf, um einen Brief entgegenzunehmen. Er schaute ihn an, drehte ihn um und sah, daß er ungeöffnet zurückgebracht worden war. Er steckte ihn in die Brusttasche seines Hemdes und ließ sich auf seinen Stuhl fallen. Der Bote war verschwunden, sobald er den Brief abgegeben hatte.

Am Abend zuvor hatte Obi den Entschluß gefaßt, an Clara zu schreiben. Als er über den Zwischenfall im Krankenhaus nachgedacht hatte, war er zu der Einsicht gelangt, daß seine Verärgerung nicht gerechtfertigt war. Zumindest hatte Clara weitaus mehr Grund, verärgert zu sein als er. Bestimmt dachte Clara, daß sie es nicht ihm zu verdanken hatte, wenn sie noch am Leben war. Natürlich konnte sie nicht wissen, wieviel Angst und wie viele schlaflose Nächte er durchgemacht hatte. Und selbst wenn sie es wüßte, wäre sie wohl davon beeindruckt? Welchen Trost hat ein Toter von dem Wissen, daß sein Mörder sich in Sack und Asche hüllt?

Obi, der seine freie Zeit nur noch im Bett verbrachte, hatte sich schließlich dazu durchgerungen, aufzustehen und sich an den Schreibtisch zu setzen. Briefeschreiben fiel ihm schwer. Sorgfältig dachte er sich jeden Satz aus, ehe er ihn zu Papier brachte. Manchmal verwendete er auf den ersten Satz ganze zehn Minuten. Eigentlich wollte er schreiben: »Vergib mir; ich allein trage die Schuld an allem, was geschehen ist.« Doch er entschied sich dagegen; solche Selbstanklagen waren reiner Unsinn. Schließlich schrieb er:

»Ich verstehe Deinen Wunsch, mich niemals wiedersehen zu wollen. Ich habe Dir großes Unrecht zugefügt, aber ich kann nicht glauben, daß alles vorbei sein soll. Wenn Du mir noch eine Chance gibst, werde ich Dich nie wieder im Stich lassen.«

Immer wieder von neuem las er das Geschriebene durch. Dann schrieb er den ganzen Brief noch einmal und änderte dabei *ich kann nicht glauben* in *es geht mir nicht in den Kopf*.

Am nächsten Morgen war er sehr früh von zu Hause weggegangen, um noch vor Dienstbeginn um acht Uhr den Brief im Krankenhaus abzugeben. Er wagte nicht, das

Krankenzimmer zu betreten, und versuchte, draußen eine Schwester abzupassen, der er den Brief übergeben könnte. Vor dem Behandlungszimmer standen bereits viele Patienten in einer langen Schlange und warteten. Es roch nach Karbol und seltsamen Arzneimitteln. Vielleicht war das Krankenhaus gar nicht so schmutzig, obwohl es so aussah. Ein wenig weiter rechts erbrach sich eine schwangere Frau in eine offene Abflußröhre. Obi wollte es nicht mitansehen, doch unwillkürlich wanderten seine Augen immer wieder dorthin.

Zwei Krankenpfleger gingen vorüber, und er hörte den einen sagen:

»Was hat eigentlich diese Krankenschwester?«

»Ich weiß von nichts«, antwortete der andere, als hätte man ihn der Mittäterschaft beschuldigt. »Leute, die heute gesund und morgen krank sind – da lasse ich die Finger davon.«

»Sie sagen, jemand habe ihr ein Kind gemacht.«

Achtzehntes Kapitel

Alles in allem lag Clara fünf Wochen lang im Krankenhaus. Als sie entlassen wurde, bekam sie drei Monate Urlaub und verließ Lagos. Obi hatte dies von Christopher erfahren, der es wiederum von seiner Freundin wußte, die Krankenschwester im *General Hospital* war.

Nachdem ein weiterer Versuch, Clara zu besuchen, fehlgeschlagen war, hatte man Obi geraten, es bei ihrer derzeitigen Gemütsverfassung nicht noch einmal zu versuchen. »Sie wird bald darüber hinwegkommen«, sagte Christopher. »Laß ihr Zeit.«

Dann zitierte er in Ibo die Worte, mit denen die Bettwanze ihre Kinder getröstet haben soll, als sie mit heißem Wasser übergossen worden waren. »Laßt den Mut nicht sinken«, hatte sie gesagt, »denn was einmal heiß war, muß schließlich wieder kalt werden.«

Aus mancherlei Gründen hatte sich Obis Plan, fünfzig Pfund auf Claras Konto einzuzahlen, in nichts aufgelöst. Eines Tages war eine Empfangsbescheinigung für ein eingeschriebenes Paket gekommen. Wer ihm wohl ein eingeschriebenes Paket schicken mochte? Wie sich herausstellte, war die Einkommensteuerbehörde der Absender.

Marie riet ihm, in Zukunft die Steuer durch einen monatlichen Dauerauftrag bei seiner Bank zu bezahlen. »Dann merkst du gar nichts davon«, sagte sie.

Natürlich war dies ein äußerst nützlicher Rat für das kommende Steuerjahr. Doch für dieses mußte er ziemlich schnell zweiunddreißig Pfund auftreiben.

Und dann kam noch der Tod seiner Mutter hinzu. Um die Beerdigung zu bezahlen, hatte er seinen letzten Penny nach Hause geschickt, doch zu seiner ewigen Schande hieß es bereits, daß eine Frau, die so viele Kinder geboren habe, von denen eines sogar einen europäischen Posten bekleide, ein besseres Begräbnis verdient habe. Ein Mann aus Umuofia, der auf Urlaub zu Hause gewesen war, als sie starb, hatte in der Versammlung der *Progressiven Union von Umuofia* davon berichtet.

»Es war eine Schande«, sagte er. Ein anderer wollte wissen, warum dieser Unmensch (damit war Obi gemeint) eigentlich nicht um die Erlaubnis gebeten habe, nach Hause fahren zu dürfen. »Genau das kann Lagos einem jungen Mann antun. Er jagt dem süßen Leben nach, tanzt Brust an Brust mit den Frauen und vergißt sein Zuhause und seine Familie. Wer weiß, welche Zaubermedizin ihm diese *osu*-Frau in die Suppe getan hat, um sein Auge und Ohr von seiner Familie abzuwenden?«

»Hat man ihn in letzter Zeit jemals in unseren Versammlungen gesehen?« fragte wieder ein anderer. »Er scheint bessere Gesellschaft gefunden zu haben.«

Hier nun meldete sich eines der älteren Mitglieder zu Wort, ein Mann, der sich immer ziemlich aufspielte.

»Was ihr gesagt habt, ist wahr. Aber ihr müßt noch eines dazulernen. Alles Geschehen in dieser Welt hat seine Bedeutung. Wie sagt man in unserem Volk? ›Nichts steht jemals alleine, immer steht etwas anderes daneben.‹ Nun gibt es das, was wir Blutsbande nennen. Nichts kommt dem gleich. Es ist der Grund dafür, daß eine eingepflanzte Yamswurzel eine neue Yamswurzel hervorbringt, und eine Apfelsine neue Apfelsinen. In meinem langen Leben habe ich vieles erlebt und gesehen, aber bis zum heutigen Tag habe ich noch nicht erlebt, daß ein Bananenbaum Cocoyams getragen hätte. Was will ich damit sagen? Ihr jungen Männer hier, ich möchte, daß ihr zuhört, denn nur wenn ihr hört, was die alten Männer zu sagen haben, könnt ihr Weisheit erfahren. Wenn ich nach Umuofia zurückkehre, kann ich nicht für mich beanspruchen, ein Alter Mann zu sein, das weiß ich wohl. Doch hier, in dieser Stadt Lagos, hier bin ich für euch alle ein Alter Mann.« Er machte eine wirkungsvolle Pause. »Dieser Junge, von dem wir alle reden, was hat er eigentlich getan? Er hat erfahren, daß seine Mutter gestorben ist, und er hat sich nicht darum gekümmert. Das ist äußerst merkwürdig und überrascht uns; aber ich sage euch eines – es ist nicht das erste Mal. Sein Vater hat es ebenso gemacht.«

Diese Worte riefen allgemeine Unruhe hervor. »Stimmt genau«, pflichtete ihm ein anderer Mann bei.

»Ich sage euch, sein Vater hat das gleiche getan«, beeilte sich der erste Mann fortzufahren, damit ihm kein anderer die Story wegschnappe. »Ich stelle hier keine Vermutungen an und verlange auch nicht, daß ihr draußen darüber schweigt. Als der Vater dieses Jungen – Isaac Okonkwo, ihr kennt ihn alle –, als Isaac Okonkwo vom Tode seines Vaters erfuhr, hat er gesagt, wer mit dem Buschmesser töte, der werde durchs Buschmesser umkommen.«

»Das stimmt genau«, fiel der andere Mann wieder ein. »In jenen Tagen und noch Jahre danach sprach man in ganz Umuofia von nichts anderem mehr. Ich war damals noch ein ganz kleines Kind, aber ich habe davon gehört.«

»Ihr seht also«, sagte der Präsident, »ein Mann mag nach England gehen, mag Rechtsanwalt oder Arzt werden, aber seine Blutsbande sind noch immer dieselben. Er ist wie ein Vogel, der vom Boden auffliegt und sich auf einem Ameisenhügel niederläßt. Er befindet sich noch immer auf der Erde.«

Der Schock über den Tod seiner Mutter hatte Obi völlig niedergeschmettert. Als er den Telegraphenboten in Helm und Khakihemd mit dem Telegramm in der Hand auf seinen Schreibtisch zukommen sah, wußte er alles.

Seine Hand zitterte heftig, als er die Empfangsbescheinigung unterschrieb, und das Ergebnis war alles andere als seine Unterschrift.

»Die Zeit«, sagte der Bote.

»Wieviel Uhr ist es?«

»Sie haben 'ne Uhr.«

Obi schaute auf seine Uhr, denn wie der Bote ganz richtig bemerkt hatte, besaß er eine.

Alle waren äußerst mitfühlend. Mr. Green sagte, er könne eine Woche Urlaub nehmen. Obi nahm zwei Tage. Er ging sofort nach Hause und schloß sich in seine Wohnung ein. Welchen Sinn hätte es, nach Umuofia zu fahren? Bis er dort ankäme, wäre sie längst begraben. Allein schon die Vorstellung, nach Hause zu kommen, und sie war nicht mehr da! In der Geborgenheit seines Schlafzimmers ließ er seinen Tränen freien Lauf, wie einem Kind rannen sie ihm übers Gesicht.

Dieses Weinen hatte eine überraschende Wirkung. Nachdem er schließlich eingeschlafen war, erwachte er die ganze Nacht nicht ein einziges Mal. Das war ihm seit Jahren nicht mehr widerfahren, und in den vergangenen Monaten hatte er fast überhaupt nicht mehr geschlafen.

Er fuhr auf und sah, daß es heller Tag war. Einen kurzen Augenblick lang fragte er sich, was geschehen sei. Dann wurde der Gedanke an den gestrigen Tag mit aller Heftigkeit wach. Etwas steckte in seinem Hals und würgte ihn. Er stand auf und starrte in das Licht, das durch die Jalousien fiel. Sein Herz war voll Scham und Schuldbewußtsein. Gestern hatte man seine Mutter in die Erde gelegt, und der rote Staub bedeckte sie nun – und er vermochte nicht einmal, eine einzige Nacht für sie zu wachen.

»Wie schrecklich!« sagte er laut. Seine Gedanken wanderten zu seinem Vater. Armer Mann, ohne sie würde er völlig hilflos dastehen. Die ersten Wochen würde es nicht so schlimm sein – Obis verheiratete Schwestern würden alle nach Hause zurückkommen. Auf Esther konnte man sich verlassen, sie würde sich um ihn kümmern. Doch schließlich würden sie ihn alle wieder verlassen müssen, dann würde er sich des Schlages erst richtig bewußt werden – dann, wenn alle wieder weggingen. Obi fragte sich, ob er recht getan hatte, gestern nicht sofort nach Umuofia aufzubrechen. Aber was hätte das gebracht? Es war viel sinnvoller, alles Geld, das er erübrigen konnte, für die Beerdigung zu schicken anstatt es für Benzin auszugeben.

Er wusch sich Kopf und Gesicht und rasierte sich mit einem alten Rasierapparat. Dann verbrannte er sich beinahe den Mund, weil er sich die Zähne mit Rasiercreme putzte, die er mit der Zahnpasta verwechselt hatte.

Obi legte sich gleich wieder aufs Bett, als er von seinem Gang zur Bank zurückkam. Erst als ihn Joseph gegen drei Uhr nachmittags besuchte, stand er auf. Joseph war in einem Taxi gekommen, und Sebastian hatte ihm die Tür geöffnet.

»Stell diese Flaschen in den Kühlschrank«, wies er ihn an.

Obi kam aus dem Schlafzimmer und sah etwa ein Dutzend Bierflaschen auf der Türschwelle stehen. »Was soll das, Joseph?« fragte er. Joseph antwortete nicht sofort. Er half Sebastian, die Flaschen wegzustellen.

»Sie gehören mir«, sagte er schließlich. »Ich werde sie gleich brauchen.«

Nach kurzer Zeit trafen Leute aus Umuofia bei Obi ein. Manche kamen per Taxi, allerdings nicht allein, wie Joseph, sondern sie hatten zu dritt oder zu viert das Geld für die Fahrt zusammengelegt. Andere kamen mit dem Fahrrad. Schließlich waren über fünfundzwanzig Gäste da.

Der Präsident der *Progressiven Union von Umuofia* erkundigte sich, ob man in Ikoyi Kirchenlieder singen dürfe. Er fragte, weil Ikoyi den weißen Europäern vorbehalten war. Obi antwortete, es wäre ihm lieber, wenn sie jetzt nicht sängen, aber er sei tief bewegt, daß trotz allem so viele Freunde gekommen seien, um ihm ihr Beileid zu erzeigen.

Joseph nahm ihn beiseite und flüsterte ihm zu, daß er das Bier mitgebracht habe, damit er seine Besucher auch bewirten könne. »Danke«, sagte Obi und versuchte der Tränen Herr zu werden, die seine Augen zu verschleiern drohten.

»Biete ihnen jetzt ungefähr acht Flaschen an, die anderen bewahrst du für die Leute auf, die morgen kommen.«

Jeder Neuankömmling ging als erstes zu Obi hin und sagte »*Ndo* – herzliches Beileid« zu ihm. Manchen dankte er mit ein paar Worten, anderen nickte er nur zu. Keiner verlor unnötig viele Worte über Obis Schmerz und Verlust. Sie redeten ihm gut zu, er solle den Mut nicht sinken lassen, und bald unterhielten sie sich über Alltägliches.

Das Neueste vom Tag waren die Berichte über den Politiker, der bis zu dem Tag äußerst populär gewesen war, an dem er es sich in den Kopf gesetzt hatte, den Nationalhelden herauszufordern.

»Wie kann man nur so dumm sein«, sagte einer der Männer auf englisch.

»Er gleicht dem kleinen Vogel *nza*, der sich, nachdem er sehr viel gefressen hatte, so weit vergaß, daß er seinen *chi* zu einem Ringkampf herausforderte«, sagte ein anderer in Ibo.

»Was er in Obodo erlebt hat, wird ihm den Kopf zurechtrücken«, warf wieder ein anderer ein. »Er wollte vor seinen Leuten dort eine Rede halten, aber alle, die gekommen waren, hielten sich mit einem Taschentuch die Nase zu, denn seine Worte stanken!«

»Hat er dort nicht Schläge abgekriegt?« fragte Joseph.

»Nein, das war in Abame. Er hatte ganze Lastwagen voll weiblicher Anhänger dorthin bringen lassen; aber ihr kennt ja die Leute in Abame – die machen kein langes Federlesen. Sie versetzten ihm eine ordentliche Tracht Prügel und nahmen den Frauen ihre kunstvoll gebundenen Kopftücher ab. Sie fanden es nicht in Ordnung, Frauen zu verprügeln, also nahmen sie ihnen den Kopfputz weg.«

In der hinteren Ecke des Zimmers unterhielt sich eine kleine Gruppe über ein ganz anderes Thema. Als die allgemeine Unterhaltung ein wenig verebbte, war Nathaniels Stimme zu hören, der eine Geschichte erzählte.

»Die Schildkröte ging auf eine lange Reise, um weit entfernt wohnende Verwandte zu besuchen. Ehe sie loszog, wies sie ihre Leute an, nur dann nach ihr zu schicken, wenn sich etwas Neues unter der Sonne ereigne. Bald darauf starb ihre Mutter. Nun erhob sich die große Frage, wie man die Schildkröte zur Heimkehr bewegen könne, damit sie ihrer Mutter das Begräbnis bereite. Sagte man ihr, die Mutter sei gestorben, so würde sie antworten, das sei nichts Neues unter der Sonne. Also ließ man ihr sagen, ein Blatt am Palmbaum ihres Vaters hätte an seinem einen Ende eine Frucht getragen. Als die Schildkröte dies erfuhr, erklärte sie, daß sie sofort nach Hause müsse, um sich diese Ungeheuerlichkeit anzusehen. Und so vereitelte man den Versuch der Schildkröte, sich der Last des Begräbnisses ihrer Mutter zu entziehen.«

Als Nathaniel mit seiner Geschichte zu Ende gekommen war, herrschte langes und verlegenes Schweigen. Sie war eindeutig nur für die Ohren einiger weniger, die um ihn herum standen, bestimmt gewesen. Doch plötzlich hatten alle Anwesenden zugehört. Und Nathaniel war nicht der Mann, der inmitten einer Geschichte zu erzählen aufhörte.

Wieder schlief Obi die ganze Nacht, ohne einmal wach zu werden, und wieder quälten ihn Schuldgefühle, als er am Morgen erwachte. Doch sie waren nicht so bitter wie am Tag zuvor und verflüchtigten sich zusehends. Was zurückblieb, war eine sonderbare Gelassenheit. Der Tod war doch etwas Seltsames, dachte er. Noch keine drei Tage war seine Mutter tot und doch bereits in große Ferne gerückt. Als er am Abend versucht hatte, sich ihr Bild vor Augen zu führen, war es am Rand ein wenig verschwommen gewesen.

»Arme Mutter!« sagte er und versuchte krampfhaft, auf angemessene Weise gerührt zu sein. Doch es nützte nichts. Das alles beherrschende Gefühl war Frieden.

Als es Zeit zum Frühstücken war, verspürte er großen und ungehörigen Appetit, doch er weigerte sich bewußt, ihm nachzugeben, und aß nur ganz wenig. Um elf Uhr jedoch konnte er nicht umhin, ein wenig in kaltem Zuckerwasser eingeweichtes *garri* zu sich zu nehmen. Als er es schlückchenweise auslöffelte, ertappte er sich dabei, wie er einen Schlager summte. »Wie schrecklich!« sagte er.

Dann fiel ihm die Geschichte vom König David ein, der alle Nahrung zurückwies, als sein geliebtes Söhnchen krank war; der sich aber wusch und Speise zu sich nahm, als das Kind gestorben war. Auch er mußte diesen Frieden empfunden haben. Den Frieden, der höher ist als alle Vernunft.

Neunzehntes Kapitel

Die Zeit der quälenden Schuldgefühle ging vorüber, und Obi war es, als sei er durch ein läuterndes Feuer gegangen. Er selbst drückte es in einer seiner seltenen Tagebucheintragungen so aus: »Ich frage mich, warum ich mich wie neugeboren fühle, wie eine Schlange, die eben aus ihrer alten Haut geschlüpft ist.« Das Bild seiner armen Mutter, die mit blutender Hand, wo seine rostige Rasierklinge sie geschnitten hatte, und einem Arm voll ungewaschener Wäsche vom Fluß zurückkehrte, verschwand – oder trat vielmehr in den Hintergrund. In seiner Erinnerung lebte sie jetzt vor allem als die Frau, die das Leben tatkräftig in die Hand genommen hatte.

Obwohl sein Vater in Auseinandersetzungen zwischen Kirche und Clan kompromißlos vorzugehen pflegte, war er weniger ein Mann der Tat als des Denkens. Zugegeben, manchmal fällte er überstürzte und gewaltsame Entscheidungen, doch das kam selten vor. Sah er sich unter normalen Umständen vor ein Problem gestellt, so neigte er dazu, es abzuwägen und abzuschätzen, es von hinten und von vorn zu betrachten und das Handeln hinauszuschieben. In solchen Augenblicken pflegte er sich ganz und gar auf seine Frau zu verlassen. Es habe alles an ihrem Hochzeitstag begonnen, scherzte er dann und erzählte, wie sie als erste den Hochzeitskuchen angeschnitten hatte.

Als die Missionare damals ihre eigene Art, Hochzeiten zu feiern, eingeführt hatten, führten sie auch den Hochzeitskuchen ein. Und es dauerte nicht lange, bis die Leute diesen Brauch ihrem angeborenen Sinn für Dramatik angepaßt hatten: Braut und Bräutigam bekamen beide ein Messer in die Hand. Der Zeremonienmeister zählte: »Eins, zwei, drei, los!« Wessen Messer nun zuerst den Kuchen anschnitt, der würde zukünftig den Ton angeben. An Isaacs Hochzeitstag hatte das Messer seiner Frau zuerst im Kuchen gesteckt.

Doch eine Geschichte, die Obi noch weitaus besser gefiel, war die von dem heiligen Ziegenbock. Im zweiten Jahr seiner Ehe war Obis Vater Religionslehrer in einem Ort namens Aninta gewesen. Einer der großen Götter Anintas war Udo, zu dessen Heiligtum ein geweihter Ziegenbock gehörte. Dieser Bock wurde zur Plage der Missionsstation. Davon abgesehen, daß er sich in der Kirche ausruhte und dort seinen Mist hinterließ, verwüstete er die Yams- und Maispflanzen des Religionslehrers. Mr. Okonkwo hatte sich einige Male bei dem Priester Udos beschwert, doch der Priester (offenbar ein humorvoller alter Mann) sagte, daß Udos Ziegenbock tun und lassen könne, was ihm beliebe und wo es ihm beliebe. Gefiel es ihm, in Okonkwos Heiligtum zu ruhen, so bedeute das wohl, daß ihrer beider Götter gute Freunde seien. Und dabei wäre es wohl geblieben, hätte der Ziegenbock nicht eines Tages Mrs. Okonkwos Küche aufgesucht und dabei die Yamswurzeln aufgefressen, die sie zum Kochen vorbereitet hatte – und das zu einer Jahreszeit, in der Yamswurzeln so wertvoll wie Elephantenstoßzähne waren. Sie nahm ein scharfes Buschmesser zur Hand und hieb dem Tier den Kopf ab. Es gab wütende Drohungen von seiten der Dorfältesten; auch die Frauen weigerten sich eine Zeitlang, ihr auf dem Markt etwas zu verkaufen oder bei ihr einzukaufen. Doch Religion und Regierung des Weißen Mannes hatten das Volk so erfolgreich verweichlicht, daß die Angelegenheit bald in Vergessenheit geriet. Fünfzehn Jahre vor diesem Zwischenfall hatten die Männer von Aninta noch mit ihren Nachbarn Krieg geführt und so viele von ihnen getötet, daß sie sich unterwerfen mußten. Dann war die Regierung der Weißen eingeschritten und hatte die Abgabe aller Feuerwaffen in Aninta angeordnet. Als die Gewehre eingesammelt waren, wurden sie in Anwesenheit der gesamten Bevölkerung von

Soldaten zerbrochen. In Aninta gibt es noch heute eine Altersgruppe, die sich »Die Altersgruppe vom Zerbrechen der Gewehre« nennt. Zu ihr gehören alle Kinder, die in jenem Jahr geboren wurden.

Diese Gedanken und Erinnerungen befriedigten Obi auf seltsame Weise. Sie schienen seinen Geist zu befreien. Er fühlte keine Schuld mehr. Auch er war gestorben. Nach dem Tod gelten kein Ideal und auch kein Vortäuschen mehr, nur noch die Realität hat Gültigkeit. Der ungeduldige Idealist sagt: »Gib mir einen festen Punkt, und ich werde die Erde bewegen.« Doch solch einen Punkt gibt es nicht. Wir alle müssen mitten in dieser Welt stehen und mit ihr Schritt halten. Selbst der schrecklichste Anblick, der sich dem Auge bietet, kann es nicht erblinden lassen. Der Tod einer Mutter ist eben nicht ein Palmbaum, der am äußersten Ende seiner Blätter Früchte trägt, auch wenn wir es uns noch so sehr wünschten. Und das ist nicht die einzige Illusion, der wir verfallen sind ...

Wieder kam die Zeit der Stipendienvergabe. Es gab jetzt so viel zu tun, daß Obi jeden Tag einige Akten mit nach Hause nahm. Er wollte eben mit der Arbeit beginnen, als ein nagelneuer Chevrolet draußen vorfuhr. Von seinem Schreibtisch aus konnte Obi den Wagen genau erkennen. Wer das wohl sein mochte? Es sah ganz nach einem dieser wohlhabenden Geschäftsleute von Lagos aus. Zu wem wollte der wohl? Alle anderen Bewohner der Wohnanlage waren unbedeutende Weiße aus den unteren Rängen der Verwaltung.

Der Mann klopfte an die Tür, und Obi sprang auf, um ihm zu öffnen. Wahrscheinlich wollte er ihn nach dem Weg irgendwohin fragen. Ortsfremde verirrten sich ständig zwischen den völlig gleich aussehenden Anwesen von Ikoyi.

»Guten Tag«, sagte er. »Guten Tag. Sind Sie Mr. Okonkwo?«

Obi sagte, ja, das sei er. Der Mann trat ein und stellte sich vor. Er trug eine sehr teure *agbada*.

»Bitte, nehmen Sie Platz.«

»Danke.« Aus den Falten seines üppigen Gewandes holte er ein kleines Handtuch und wischte sich damit das Gesicht ab. »Ich möchte Sie nicht lange aufhalten«, sagte er und rieb den einen und dann den anderen Arm unter den weiten Ärmeln seiner *agbada* trocken. »Mein Sohn wird im September nach England gehen. Ich brauche ein Stipendium für ihn. Hier sind fünfzig Pfund, wenn Sie es mir besorgen können.« Er holte ein Bündel Banknoten aus der Tasche seiner *agbada*.

Obi sagte ihm, daß dies nicht möglich sei. »Vor allem vergebe ich keine Stipendien. Ich bearbeite nur die Bewerbungen und empfehle dem Stipendienausschuß diejenigen, die die Anforderungen erfüllen.«

»Das reicht völlig«, sagte der Mann. »Sie brauchen ihn nur zu empfehlen.«

»Aber es kann sein, daß der Ausschuß ihn ablehnt.«

»Darum brauchen Sie sich nicht zu kümmern. Solange Sie ...«

Obi schwieg. Er erinnerte sich an den Namen des Jungen. Er stand bereits auf der Liste derer, die in die engere Wahl gezogen wurden. »Warum bezahlen Sie seinen Aufenthalt nicht selbst? Sie haben Geld, Stipendien sind für arme Leute.«

Der Mann lachte. »Niemand auf der ganzen Welt hat genug Geld.«

Er stand auf und legte das Bündel Banknoten auf das kleine Tischchen vor Obi hin. »Dies ist nur ein klein wenig *kola*«, sagte er. »Wir werden noch einmal gute Freunde. Vergessen Sie den Namen nicht. Wir sehen uns wieder. Gehen Sie eigentlich in den Club? Ich habe Sie noch nie dort gesehen.«

»Ich bin nicht Mitglied.«

»Das sollten Sie aber unbedingt werden«, sagte er. »Wiedersehen.«

Das Bündel Banknoten blieb den ganzen Tag und auch die ganze Nacht da liegen, wo er es hingelegt hatte. Obi deckte es mit einer Zeitung zu und verschloß die Tür. »Furchtbar!« murmelte er. »Ganz furchtbar!« sagte er laut. Mitten in der Nacht fuhr er erschreckt aus dem Schlaf hoch, und es dauerte sehr lange, bis er wieder einschlafen konnte.

»Du tanzt sehr gut«, flüsterte er, als sie sich schwer und schnell atmend an ihn preßte. Er legte ihre Arme um seinen Hals und zog sie an sich, bis ihre Lippen fast die seinen berührten. Vergessen war der Beat des *High-life*. Obi steuerte auf sein Schlafzimmer zu. Sie spielte ihm wenig überzeugenden Widerstand vor; dann folgte sie ihm.

Sie war offensichtlich kein unschuldiges Schulmädchen mehr. Sie wußte, was sie tat. Aber sie stand ja sowieso auf der Auswahlliste. Trotzdem war es eine große Enttäuschung. Es hatte keinen Zweck, sich etwas einzureden. Man sollte zumindest ehrlich sein. Er brachte sie in seinem Wagen nach Yaba zurück. Auf dem Rückweg schaute er bei Christopher vorbei und wollte ihm alles erzählen, vielleicht ließe sich gemeinsam darüber lachen. Doch er fuhr wieder weg, ohne die Sache angesprochen zu haben. Vielleicht ein anderes Mal.

Noch mehr Leute kamen. Es hieß, Mr. Soundso sei ein Gentleman. Er nehme das Geld, erledige aber auch, was man von ihm erwarte. Das war eine gute Empfehlung für Obi, und wieder andere fanden den Weg zu ihm. Doch er weigerte sich standhaft, jemandem weiterzuhelfen, der nicht wenigstens den minimalen Anforderungen an Bildung und Persönlichkeit gerecht zu werden vermochte. Darin blieb er unerschütterlich.

Zur gegebenen Zeit zahlte er der Bank sein Darlehen zurück und beglich seine Schulden beim Ehrenwerten Minister Sam Okoli, M.H.R. Das Schlimmste war nun vorüber, und Obi hätte froh und erleichtert sein können. Doch er war es nicht.

Dann kam eines Tages jemand und brachte ihm zwanzig Pfund. Als der Mann wegging, wurde Obi bewußt, daß er es nicht länger ertragen konnte. Die Leute sagten, man gewöhne sich daran, doch ihm war es keineswegs so ergangen. Jeder Fall war hundertmal schlimmer gewesen als der Fall zuvor. Das Geld lag auf dem Tisch. Er hätte lieber nicht hingeschaut, doch er hatte anscheinend keine andere Wahl. Seine Gedanken lähmten ihn, und er saß da und starrte das Geld an.

Es klopfte. Obi sprang auf, riß das Geld vom Tisch und stürzte zur Schlafzimmertür. Ein zweites Klopfen ließ ihn, schon fast an der Tür zum Schlafzimmer, erstarren. Dann sah er, was ihm zuvor entgangen war, nämlich den Hut auf dem Fußboden, den sein Besucher wohl vergessen hatte, und er seufzte vor Erleichterung. Er steckte das Geld in die Tasche, ging zur Tür und öffnete. Zwei Männer traten ein – der eine war sein Besucher, der andere ein ihm völlig unbekannter Mann.

»Sind Sie Mr. Okonkwo?« fragte der Unbekannte. Obi sagte ja, und seine Stimme klang so fremd, daß er sie selbst kaum wiedererkannte. Das Zimmer begann sich um ihn zu drehen. Der Unbekannte sagte etwas, aber Obi hörte es wie aus weiter Ferne – so wie Geräusche ans Ohr eines Fieberkranken dringen. Dann durchsuchte er Obi und fand die gekennzeichneten Banknoten. Er sagte noch einiges mehr und rief auch den Namen der Königin an – wie ein Distriktsbeamter, der mitten im Busch einer verständnislosen und aufgebrachten Menschenmenge das Gesetz zur Einhaltung von Ruhe und Ordnung verliest. In der Zwischenzeit benutzte der andere Mann das Telephon draußen vor Obis Tür, um einen Polizeiwagen zu rufen.

Jedermann fragte sich, warum es wohl so gekommen sei. Dem klugen Richter war es, wie gesagt, unbegreiflich, wie ein gebildeter junger Mann und so weiter und so fort. Der Mann vom *British Council*, ja selbst die Männer von Umuofia wußten es nicht. Und wir müssen annehmen, daß auch Mr. Green es nicht wußte, obwohl er sich seiner Meinung gewiß war.